‘Verbluffend. Integer en spitsvondig, nergens larmoyant: Bijl kan licht verwoorden wat loodzwaar is. En juist daardoor komt het binnen. Het is weinigen gegeven zó over persoonlijk leed te schrijven.’
●●●● – NRC HANDELSBLAD

‘Verhalen vol humor en kracht.’
– LEIDSCH DAGBLAD

‘Dit is echt heel goed. Wrang, geestig, angstaanjagend, hartverscheurend.’
– **SYLVIA WITTEMAN** OP TWITTER

‘Dit is zo ontzettend goed geschreven en goed geobserveerd. Vorige boek was al een openbaring. Dit gaat er ver overheen. Prachtig.’
– **NICO DIJKSHOORN** OP TWITTER

‘Hier spreekt een vrouw met een wonderlijke veerkracht, die zich met een elegante verbetenheid teweerstelt tegen een van de lulligste streken die je lichaam je kan leveren, plotselinge hersenschade. Waarna ze ook nog een gebroken heup en een depressie moet doorstaan. Te midden van al die ellende weet ze toch haar vlag te hijsen; ze blijft vlijmscherp en grappig.’
– **BERT KEIZER** IN *TROUW*

‘Zo’n prachtig mooi ontroerend boekje, over haar hersenbloeding. Dat is natuurlijk een hel om doorheen te gaan maar zij kan dat op een dusdanige goede manier verwoorden, met humor.’
– **ANDRÉ VAN DUIN** IN *DE WERELD DRAAIT DOOR*

Boeken van Martine Bijl

Hindergroen

Rinkeldekink

MARTINE BIJL
RINKELDEKINK

Uitgeverij Atlas Contact
Amsterdam/Antwerpen

Voor Yan en Winnie

Eerste druk november 2018
Tweede druk november 2018
Derde druk december 2018
Vierde druk december 2018
Vijfde druk december 2018
Zesde druk december 2018
Zevende druk december 2018
Achtste druk januari 2019
Negende druk januari 2019
Tiende druk juni 2019
Elfde druk juni 2019
Twaalfde druk juni 2019
Dertiende druk juni 2019
Veertiende druk juli 2019
Vijftiende druk augustus 2019
Zestiende druk november 2019
Zeventiende druk november 2019
Achttiende druk december 2019

Vormgeving Suzan Beijer
Foto van de auteur Jelmer de Haas
Drukkerij Wilco, Amersfoort

ISBN 978 90 254 5339 8
D/2018/0108/775
NUR 301

www.atlascontact.nl

MIX
Papier van verantwoorde herkomst
FSC® C004472

INHOUD

REVALIDATIECENTRUM

Het begin	9
Kamer	14
E.T.	19
De deftige dame	23
Huilen	27
Haast	31
Carla	35
Ellie	38
De valklas	44
Partner	48
Lulkoek	52
Zwemles	53
Wie hoog gezeten is	57
Delier à deux	61
Minion	66
Oorlog	70
Prikkels	73
Neuroloog	76

VAN HET EEN NAAR HET ANDER

Zwarte Deken	87

'T STREEKZIEKENHUIS

Huilbui	97
In de rij	103
Knutselkamer	107

Ochtend	110
Arie	112
Hulphond	115
Vrouwen	118
Chocola	122
Dribbelvrouw	124
Trots	127

REVALIDATIECENTRUM

HET BEGIN

Het was een mooie najaarsochtend half september 2015. Ik zat uitgeslapen en tevreden naast mijn bed mijn ochtendgymnastiek te doen, vervuld van eigendunk en zelfoverschatting. Mijn leven op dat moment liep als een zonnetje. Boekje geschreven, de opnames voor *Heel Holland Bakt* (mijn dierbaarste klus in jaren) waren net afgerond voor die zomer. Een paar makkelijke dingetjes doen nog, intens tevreden met mezelf was ik, ik kon toch ook alles. Ik leek wel van beton!

De zon scheen de slaapkamer binnen. Achter mijn ogen knapte een ballonnetje. In de verte riep Berend mijn naam.

Het beton was porselein geworden.

Gelukkig hielpen de buren. Een paar minuten later klonk buiten op de weg het liedje van de ambulance. Een auto draaide het hek in, ik hoorde hem op het grind. Opgewekte maar serieuze mannen droegen een brancard de trappen op en kwamen de slaapkamer binnen. Gaat u zich maar even een beetje aankleden, zeiden ze tegen Berend.

Tegen mij spraken de broeders geruststellende woorden. Ik was ze zo dankbaar. Ik snapte wel dat er wat was, maar ik had geen pijn. Niks aan de hand. Ze legden me op de brancard, maar omdat ik waterpas moest blijven mochten ze de trappen niet met me af. Ze bonden de brancard vast aan de haken van de hoogwerker die na lang wachten kwam en beneden op het grind stond, en schoven me uit het raam. Ik zag de hoogwerker niet, ik zag Berend op het grind niet. De zon scheen. Ik wiegde in mijn allerstilste eentje in de lucht, hoog boven het grind, als Mozes in zijn biezen mandje. Het gebladerte van de hoge treurberk ruiste als riet. Ik zag van dichtbij de hoogste verdieping van het huis, de dakpannen, het timpaan dat net geschilderd was. Dat vond ik heel bijzonder, dat ik daar hing en dat ik dat zag. Ik was niet bang, ik was vredig. Heel Holland Zakt, zei ik lollig tegen de broeder vlak voordat ik door de hoogwerker op het grind werd gevlijd, maar ik kon de bestuurder niet bedanken omdat ik meteen met Berend de ambulance in ging. Berend zag ik verder niet, die moest voorin naast de bestuurder. De tweede broeder zat bij mij. Ik ga ervan uit dat Berend in paniek was, maar ik kon het niet goed zien, ik zag alleen hoe de boomtoppen voorbijgleden en dacht een enkele keer: o ja, daar zijn we. Dat ken ik wel. Dat is de Bijlmer. Ik had geen idee dat ik een hersenbloeding had.

Wat ze verder deden weet ik niet. Het schijnt alles bij elkaar toch een paar uur geduurd te hebben, met het wachten op de hoogwerker mee. Maar eenmaal in de ambulance ging het snel.

Door een duistere hellegang gleed ik het ziekenhuis in. Op die gang was het vrij koud. De anesthesist zei op geruststellende toon 'ik blijf bij u' en ging weg. Nee, *ik* ging weg, ik vloog mijn hoofd uit.

Later vertelde Berend dat hij me alleen nog 'godverdegodver' had horen zeggen, keurig gearticuleerd. Dan ben ik alleen. Berend is er ook niet meer.

Ik sta op het hete dak van een Bijlmerflat de aangekoekte duivenpoep met mijn brekende nagels af te krabben terwijl zij beneden mijn aneurysma dichtmaken – ik heb nog steeds het idee dat ik de chirurg een hand vol duivenpoep had kunnen geven, vanaf het dak naar de operatiekamer beneden, waar ze met een roerloos schepsel in de weer waren, op datzelfde moment. Maar op de seconde dat ze de onverwachte *rebleed* zo netjes mogelijk herstellen drukt de burgemeester van Rotterdam kalmpjes op de atoombomknop. Hij staat aan de rand van het dak en kijkt me vriendelijk aan. Nee toch? Die aardige Aboutaleb!

Je kunt jezelf wel *alles* kwalijk gaan nemen.

Je kunt jezelf ook je eigen wanen kwalijk nemen.

Een schitterende paddestoel verheft zich aan de horizon, terwijl de Amsterdammers naar hun werk gaan in het roze ochtendlicht. De kleuren zijn verpletterend mooi. Ik ben de enige die het ziet, en ik kan het tegen niemand vertellen terwijl ik het toch echt meemaak.

Maar als er al een applausje was, zou ik het niet gehoord hebben. Op dat moment liep ik in mijn hoofd rond in een enorme zaal in de Arena, die vanuit mijn kamer in het AMC te zien was geweest. In die waanzaal lagen tientallen voetbalbonzen en licht geblesseerde voetballers op zachte, brede bedden naar belangrijke wedstrijden te kijken. Ik bracht dure champagne rond, want het kostte de mensen veel geld om daar een bed te huren. Ik schonk de champagne uit vliesdunne porseleinen theepotjes in vliesdunne porseleinen kopjes. Ik heb later nog weleens gedacht: wat een goed idee, met zijn allen zo lekker dom en duur naar een wedstrijd liggen kijken, dat moet ik eens ergens gaan voorstellen. Maar het werd elke dag minder leuk. Hoe hard gaat de tijd in een waan? Hoe hard gaat de waan zelf? De gasten gingen dood, stuk voor stuk, of ze wilden graag naar huis en dat mocht dan niet – pas als je aan de beurt was. Elke dag mocht er één gast weg.

Ten slotte lag ik zelf op het laatste bed, alle anderen waren al weg, en ik wou ook weleens naar huis. Ik drukte steeds op een belletje voor hulp. Alleen 's morgens na het wakker worden mocht je bellen. Niet eerder, want dan verpestte je het voor jezelf. Maar dezelfde verpleegster komt steeds weer naar me toe. Ik smeekte de zuster mij weg te halen daar. Morgen mag je weg, zei de zuster. Morgen.

Zo lag ik elke dag hoopvol op de ochtend te wachten. Het werd al licht. Daar was dan eindelijk de zuster! Ik hoorde haar lopen, op klakkende zusterhakken.

Morgen mag je weg, zei de zuster.

Ik vertelde het later aan iemand en die zei: Ah, een herhalende waan.

Toen ik weken later weer iets kon zeggen, vroeg ik aan de chirurg: 'Dokter, hoe komt een mens aan zo'n hersenbloeding?' Hij antwoordde zonder een witje: 'Toeval.'

Godverdegodver en *toeval*, twee woorden van niks voor een einde van niks. Maar ik ben er nog. Ik dacht: ik ben nog niet klaar.

Nee, niet waar. Dat dacht ik niet. Maar zo verbeeld ik het me graag.

KAMER

Na mijn hersenbloeding verbleef ik eerst vijf weken in verschillende ziekenhuizen, toen ging ik naar het revalidatiecentrum. Ze wilden het wel proberen, zeiden ze. Berend had erover gehoord. Het was net verbouwd, op een zeer smaakvolle en bijzondere manier.

Op mijn prachtige kamer op de afdeling Neuro B2 is de elektriciteitsvoorziening zo bijzonder, dat je wel een genie moet zijn om er iets van te begrijpen. Ik ben geloof ik één van de eersten die op zo'n nieuwe kamer mag liggen, en ik ben toch al niet zo helder.

Ik moet toegeven: ik zeur al jaren over ontwerpers. Ook toen ik nog niks mankeerde in de kop. Maar wat moeten diep verwarde hersengeletselden met al die design-ideetjes? De ontwerpers gaan aan hun tekentafel zitten en laten hun dromen vliegen als windjes, en soms stinken die windjes een beetje. Ik dacht een tijdlang dat ik misschien als enige het bijzondere design had gekregen, omdat ze mij de mooiste kamer gegeven hadden. Ik dacht in die tijd nog weleens dat ik bijzonder was. Maar ze hadden het overal, geloof ik.

Alles is gloednieuw, en dan meteen ook het modernste van het modernste, wat op mijn kamer betekent dat niet één lichtknopje meer doet wat een lichtknopje moet doen. Gewoon knip, en dat dan de verlichting aangaat. Meer wil ik niet. Ik wil niet ondankbaar zijn, dat mag ik ook niet op zo'n prachtplek, maar ik vond de hele elektrische voorziening op die kamer eng. Ik snap het simpelste mobieltje al niet, ik heb hersenletsel en nu snap ik helemaal nergens meer wat van.

Ik vraag aan Berend of ik nou gek geworden ben, omdat ik waan en werkelijkheid niet meer uit elkaar kan houden. Berend vindt dat ik niet gek geworden ben. Iedereéén die in mijn kamer langskomt om het wonder te aanschouwen, probeert het stelsel wanhopig te doorgronden, maar het lukt vrijwel niemand. Ook een aantal zeer welwillende verpleegkundigen niet. Als het ene lampje aangaat, gaat het andere uit. Als het andere lampje aangaat, gaat het ene stuk.

Dat stelt mij dan wel weer heerlijk gerust: er zit toch systeem in. Aan de andere kant: ik hallucineerde me die eerste dagen suf, vanwege de medicijnen denk ik.

Maar er wordt aan me gedacht. Omdat een deel van de lichtvoorziening soms toch nog uitvalt, verschijnen er steeds weer andere mannen in mijn kamer, die hoge ladders uitschuiven en dan boven mijn hoofd op de zoldering gaan kijken en rondkruipen. Zelfs op zondag komen ze! Achterdochtig als ik van aard al ben, dacht ik dat het mannen betrof die het slecht met mij voorhadden, terwijl ze toch alleen maar alles eens piekfijn voor mij in orde wilden maken. Ik heb later wel gedacht dat zulke onverwachte bezoekjes niet verstandig zijn op een afdeling waar een flink aantal patiënten nogal van het padje af is. Hoe dan ook, mijn verwarring was enorm en bleef maar groeien. Ik zag de mannen en dacht: dat zijn verdomme journalisten! Dat was niet zo, hoor. Het waren gewoon aardige behulpzame elektriciens van de Storingsdienst.

Ze doen hun uiterste best om geen praatje met mij te beginnen, want ze zien ook wel dat ik niet gezellig ben. Mompelend halen ze tegels uit het plafond weg, en ze klimmen langs de ladder omhoog, doen iets op de vliering en kruipen er een beetje rond. Daarna halen ze een paar knoppen van de muur boven mijn bed, die ze nooit meer terugzetten. Er hangen nog draadjes.

Alles, waan en werkelijkheid, loopt door elkaar. Boven mijn bed hangt de televisie. Die televisie is óók zo bijzonder. Met een prachtig ophangsysteem, dat je alle kanten op kan buigen. Ik heb nog nooit zoiets bijzonders gezien. Ik heb het later ook nooit meer gezien, en ik hoop dat dat zo blijven mag.

De hele vormgeving van het apparaat maakt dat ik het voor een beest aanzie. Het beest draait rond, althans, ik verbeeld me dat het draait. Het heeft vier poten en een staart en schubben. Als het zijn hele ronde gemaakt heeft, zal het gaan smeulen en smelten en ten slotte brandend op mijn bed druipen en het dekbed aansteken.

Ik weet het zeker en ik ben bang. Ik durf niet op het belletje te drukken om de brandweer te waarschuwen. Ik weet niet eens waar het belletje zit.

Toch keek ik later nog vaak naar die televisie. Toen draaide hij ook niet meer rond. Meestal was er gewoon een programma op. Een leerzaam programma.

Aan het wandje naast mijn bed heb ik mooie bloemenfoto's opgehangen, uit mijn eigen verzameling boeketten uit eigen tuin. Berend heeft altijd die boeketten gefotografeerd en nu de foto's ervan voor me meegenomen. Lieflijke, mooie foto's.

Op een ochtend hangen op diezelfde plek opeens andere foto's, van kwaadaardige valse honden met opgetrokken bovenlip. De foto's waren versmolten met de muur, ik kon ze met geen mogelijkheid meer los krijgen. Ik kon er met mijn hele gewicht aan gaan hangen, het ging niet. Soms, op andere ochtenden, hangen ze ook opeens op een andere plaats in de kamer.

En ik zei niks, alleen tegen Berend en Yan en Winnie zei ik iets. Ik weet niet meer waarom het was, ik schaamde me denk ik, maar aan anderen durfde ik het niet te vertellen of ik kon het niet. Ik wilde eerlijk gezegd niet eens dat er veel bezoek kwam. Ik kon nog wel steeds communiceren, ik kon gewoon om een kopje thee vragen en ik kon zeggen dat het goed met me ging. Niemand kon iets aan me zien. Iedereen was op weg ergens naartoe, leek het, en ik liep op de ventweg, en ik kon niet bij ze komen en zij ook niet bij mij. Niemand merkte daar iets van. Het was alsof al mijn angsten zich verzamelden onder een ijslaag, die niet wilde breken. Daaronder was het een zootje. Alles liep door elkaar.

Boven de wastafel in mijn kamer hangen, als ik het goed zie, hygiënische luxedingen: houder met zeep, houder met servetjes, glanzende kraan. Ik zie de kraan aan voor een afzichtelijk, vies druipend beest. Elke ochtend verwacht ik dat alles weg zal zijn. Dat weet ik zeker. Als je zulke dingen aan de dokter vertelt, schrikken dokters altijd, dan denken ze dat je stemmen in je hoofd hebt, dus vertel ik het niet. Dan denken ze dat je gek bent.

En ik héb ook geen stemmen in mijn hoofd. Echt niet. Die heb ik nooit, nooit gehad ook. Niemand die ooit iets woordelijk aan me beloofde: ik hoorde niks. Elke belofte hing geluidloos in mij rond, en werd elke ochtend ook meteen weer verbroken. Dat is eigenlijk hetzelfde, denk ik nu. Zodra ik mijn ogen opendoe kijk ik of de enge dingen weg zijn. Nooit zijn ze weg.

Berend doet ook maar wat hij kan. Hij is mijn held, hij stuurt de wanen weg. Ik denk dat hij ook niks anders kan bedenken. Berend zegt: 'Maar het zijn wánen! Laat ze oplazeren! Jij bent de baas, toch? Stuur ze weg!' Hoe vaak heb ik in mijn kamer niet gezegd: 'Ga weg, waan! Je bent niet echt!'

En op een dag zijn ze ook werkelijk verdwenen. Ik voel een onmetelijke dankbaarheid.

E.T.

Er woont een vreemd wezen in mij. Toen ik een kale plek op mijn hoofd had en de deur naar mijn brein openstond, is hij erin gekropen. Sindsdien ben ik me bewust van wat zich in mijn kop bevindt. Ik ken mijn hersens niet, ik heb er nooit over nagedacht. Ik weet ook niet wie de bezoeker is, ik heb hem niet uitgenodigd. Hij betekent chaos, maar ik noem hem anders, omdat ik op die manier minder bang voor hem ben. Wie je een naam geeft, daar moet je vriendschap mee kunnen sluiten, als met een huisdier. Daarom heet hij nu E.T., naar de buitenaardse oudemannetjespuber in de film van Steven Spielberg.

En meteen weet ik hoe hij eruitziet.

Ik denk dat E.T. ook bang voor mij is, hij is in elk geval erg humeurig. Als we elkaar onverwacht aankijken, krijsen we allebei van schrik en ontzetting. Zijn ontstelde schildpaddengezichtje met de uitpuilende bolle ogen vertedert me nog een beetje. Maar als hij aan de gang gaat is het leuke eraf. Hij kaatst tegen de wanden van mijn kop, hij maakt mijn kaken stijf. Hij mompelt en sist. Ik voel hem rommelen en klooien, ruisend en klikkend schiet hij in mijn lichaam heen en weer als een luchtbel in de centrale verwarming. Hij trekt mijn lichaam aan als een jas. Hij steekt zijn lange armen diep in de mijne en krabbelt en schraapt in het vlees onder mijn huid, die dunner is dan papier. Ik voel zijn knokige vingers met het afgeplatte bovenste kootje. Het lukt me haast niet om iets op te pakken en als ik het eenmaal vast heb, dwingt hij mijn hand om het vast te houden. Een stuk bestek, een tandenborstel, ik kom er niet vanaf. Ik moet het eerst overpakken met mijn andere hand. Mijn andere hand weigert iedere order. Mijn ene hand wil het laatje opentrekken, mijn andere hand houdt het dicht. Dat schiet niet op, zo. Pas als ik E.T. streng toespreek: 'Losss!' laat hij gaan. Soms, maar altijd met moeite en tegenzin. Zo zit ik als een idioot mijn eigen lichaam toe te spreken.

Ook speelt hij de baas over mijn benen, als ik opsta om een schaaltje uit de kast te pakken. Ik sta langdurig te wiegen, maar beweging komt er verder niet in. 'Links,' zeg ik. 'Naar de kast. Kom es op, zeg!' Dat hebben ze mij zo geleerd op de therapie. Je moet het gewoon duidelijk zeggen, dat helpt je eruit. Links rechts, links rechts. Ik lijk wel Boris Karloff. Verder weten de mensen niet dat ik tegen E.T. spreek, ze denken dat ik het tegen mezelf heb. Hoe dan ook: het werkt meestal. Verdomd, ik loop. Links rechts. Kastdeur open, schaaltje pakken, terug naar de tafel. Schaaltje neerzetten. Nog een keer, zegt E.T. Schaaltje weer oppakken. Naar de kast. Wegzetten. Dit vijf keer herhalen, en dan nog een keer. Ten slotte verlies ik mijn geduld. 'Zet neer die schaal, trut! En staan laten! En doe de deur dicht! Links rechts!'

E.T. trekt zich mompelend terug. Ik heb gewonnen. Uit nijd maakt hij mijn kaken stijf.

Soms gaat hij even weg, maar niet lang. Hij komt terug. Ik merk het als ik 's avonds mijn mooie truitje van die dag uit wil trekken, en ik het aan flarden scheur. Ik wil het niet doen, maar ik kan het niet stoppen.

Soms, als ik me in bed omdraai en toevallig mijn arm aanraak, voel ik daar niets, net of iemand een losse vreemde arm naast me heeft neergelegd waar ik zinloos in zit te knijpen. En van wie is dat vreemde been, met die haren erop? Het voelt als een mens, maar ik ben het niet.

Waarom gooi ik dat storende vreemde ding niet uit bed? Dat kan ik niet. Waarom niet? Omdat ik er zelf aan vastzit! Dan lig ik er óók naast! Naast mij ligt een arm die mij niet wil kennen. Ik kan er keihard in knijpen, maar ik voel het niet. Desondanks: als ik in de tuin langs een rozenstruik loop, is de aanraking van een doorn onverdraaglijk pijnlijk. Een geintje van E.T., die mij dingen kan wijsmaken, net waar hij zin in heeft. Ik wil best een been breken, als ik maar niet hoef te beleven waar mijn hersens mij mee plagen. Dat is heel vervelend, bang zijn in je kop en niet begrijpen waarom en waarvoor.

E.T. is er nog steeds. Die gaat nooit meer weg. Hij slaapt veel; hij wordt ook ouder, net als ik. Soms wordt hij even wakker en rekt zich kreunend uit. Hij is onderhand bij me gaan horen. Hij zal me wel overleven. Later, als ik dood ben en ze snijden me open, dan vinden ze een kwaaie zwarte klont achter mijn ogen die verwilderd om zich heen knaagt, zwakker en zwakker, tot hij me op heeft.

DE DEFTIGE DAME

Er is hier een oude dame op de afdeling die graag even een praatje maakt met wie ze ook maar tegenkomt. Ze spreekt zoals vroeger koningin Beatrix sprak, alsof ze van goede komaf is.

Je hoort bijna niemand meer zo praten, alleen veel ouderen die het op die manier nog in hun familie geleerd hebben. Onze huidige koning begint daar allemaal niet meer aan, aan die flauwekul. Ook wel weer jammer, ergens. De oude dame en ik schelen ook wel een aantal jaren in leeftijd, en ik ben niet deftig en niet van goede komaf. Zij lijkt te spreken zoals ze het in haar eigen kringen meegekregen heeft, secuur gearticuleerd en beleefd. Ze draagt haar taal als een mooi manteltje om zich heen.

Ze ziet er ook een beetje uit als een koningin buiten dienst. Altijd in een mooie kamerjas, gekamd en fris verschijnt ze aan de ontbijttafel, alle maniertjes keurig op hun plek. Soms staat de boter of de jam hoog in de ijskast. Als zij vraagt om de jam, kan het niet beleefder. Dzjèm, zegt ze, maar er is niets irritants of aanstellerigs aan haar. Als ze om iets vraagt, maakt ze er de verlegen geluidjes bij van iemand die niet goed durft te vragen. Ze vraagt om de dzjèm en zegt er meteen achteraan dat als het gedoe is dat het dan niet hoeft, hoor.

Maar iedereen pakt alles graag voor haar. Het is niet de eerste keer dat ze hier verblijft, vertelde ze me een keer aan het ontbijt. Ze wordt hier ieder jaar een beetje bijgepunt, nadat ze haar jaren geleden als patiënt op de afdeling hebben gehad. Ik heb geen idee of je een extraatje voor geld kunt kopen in een gezondheidsinstelling, maar ik denk dat ze best wel wat geld heeft. Ik zie haar aan de ontbijttafel, in het zwembad, vriendelijk, broodmager, en met een onaanwijsbaar soort aangeboren allure. Die kan een badpak hebben, die vrouw. Prachtig is ze nog steeds. En ze komt geregeld terug en ondergaat alles stralend van dankbaarheid. Ze tillen haar door het hele zwembad heen en ze straalt.

Ik weet niet waar ze aan geleden heeft, ik weet ook niet wat de naam ervan was toen ze het had, maar misschien lijdt ze vooral aan eenzaamheid. Of óók aan eenzaamheid. Haar ziekte is iets dat niet overgaat in elk geval. Dus komt ze terug voor oefeningen en voortgezette therapie, een aantal dagen per jaar. Ik geloof dat het iets is waar ze enorm naar uitziet.

Op de gang hangt geregeld een geprinte mededeling dat je mag komen napraten, ook je familie, de koffie staat klaar. Ik ben soms verbaasd als ik zie hoe graag de mensen terugkomen, voor een behandeling, voor een reünie van oud-patiënten, voor een voorlichtingsavond, voor van alles. Ik kom ook weleens terug, maar niet voor een reünie. Een enkele keer voor een les, en dan loop ik even langs bij de verpleegkundigen van de Neuro-afdeling waar ik lang gelegen heb.

Bij 'de meiden' was je veilig. Ik mis soms de afgesloten ruimte op de afdeling waar ik zoveel weken achter elkaar op mijn bedje heb gelegen.

Toen ik uiteindelijk definitief bij de meiden van Neuro B2 wegging, vormden ze samen een soort triomfboogje met hun armen, waar ik ten afscheid onderdoor mocht lopen. Ik moet nog altijd hard slikken als ik daaraan denk, dat ze dat deden. Ik breng weleens een bloemetje voor het voorjaar, een bloemetje voor het najaar, of met de kerst. Ik mis ze. Nog steeds eigenlijk. Soms zeggen ze: En nou moet je echt niet meer komen, hoor! Dat is niet goed voor je! Ik vermoed dat ze vinden dat je ook weer los moet zien te komen. Maar mijn oude dame komt altijd terug. Ik hoop dat ze dat ook nog heel lang mag doen.

Nu zijn we er allebei nog. Ik tref haar toevallig vandaag weer eens bij de chocolademachine in de huiskamer, waar warme chocolade uit komt die me gelukkig maakt. Ik drink het de hele dag. Ik zal wel een tonnetje worden. Troostdrinken.

Ik vraag aan de oude dame of ze ook chocola wil. Graag, als het niet te veel gedoe is. Maar het hoeft echt niet, hoor.

'Héérlijk, vindt u niet!' zegt ze. 'Vindt u niet? Ik had het voor geen goud willen missen!'

'Nou ik wel,' antwoord ik meteen. Eén seconde dacht ik dat ze de chocola bedoelde, maar ze bedoelde haar verblijf hier. Ik neem het haar bijna kwalijk, dat ze haar lot zo accepteert. Ze knikt me vriendelijk toe en loopt door. In mijn eeuwig schuldige hoofd heet het dan dat ze afdruipt omdat ik iets verkeerds gezegd heb.

En de ontmoeting begon zo leuk! Waarom zeg ik

niet gewoon: 'Daar hebt u nou eens groot gelijk in! Al was het maar vanwege de chocola! Misschien mogen we er wel even samen in gaan liggen!' Dan had ik toch nog een grapje gemaakt. En misschien had de oude dame dan nog kunnen vertellen hoe heerlijk het is als je alleen bent dat er in elk geval eens per jaar wat mensen om je heen komen staan en je omhoog tillen en even een stukje dragen in het warme water van een bijna verlaten zwembad.

HUILEN

Elke ochtend als ik mijn ogen op een kiertje zet stroomt een waterval van tranen uit mijn ogen, als schoolkinderen die hebben staan dringen achter het hek. Ik huil niet, ze rollen er gewoon uit. En als ze op zijn, zijn ze op. Ik zal wel ellendig dromen, maar dat weet ik dan niet.

Dat zijn de ochtendtranen. Het lijkt een beetje op een ochtendplasje. Dat komt er gewoon uit omdat het ochtend is.

De rest van de dag wordt hier op de neurologische afdeling veel gehuild, trouwens. Ook door mij. Ik huil vaak, korte huiltjes. Huilen na een hersenbloeding schijnt erbij te horen, net als na een hartinfarct, iedereen doet het.

Dat heb ik weer. Doe ik eens spontaan een potje huilen helemaal uit mezelf, is het niks om van op te kijken. Zo spontaan ben ik anders niet met de emoties. Ik ben het zó niet gewend, dat ik zelfs nu niet kan nalaten er een slappe grap over te maken. In mijn hele volwassen leven huilde ik bijna nooit. Ik geneerde me als ik moest huilen. Nu kan ik het ineens wel. Nu kan ik het zelfs niet tegenhouden, al zou ik het willen. Ik zie een mooie Disneyfilm en ik huil. Ik huil om alles waar ik vroeger nóóit om huilde. Berend huilt ook geregeld een beetje mee, omdat we dat allebei behoorlijk opluchtend vinden. Als ik in een dip terechtkom omdat het me allemaal niet snel genoeg gaat, en vergeven word van zelfmedelijden, huilt Berend even mee voordat hij me moed inpraat.

Maar niet *altijd* huilt hij mee. Als ik een onstuitbare tranenstroom ten beste geef bij de enorme oranje Staatsloterij-walvis op de televisie, die zich zo gezellig omdraait en mij een vriendelijk en geruststellend knipoogje geeft, huil ik. Wat een lieve reuzenvis, die mij daar een geruststellend knipoogje geeft! Was die vis mijn vader maar! Nee, nou lieg ik. Ik zou helemaal niet willen dat die vis mijn vader was, al lijkt hij erop. Mijn vader kon zijn oren naar achteren bewegen, en dan leek hij op een vis, dan had hij vissenogen met een vissenblik, zei mijn moeder altijd.

Hoe dan ook, bij een knipogende walvis huilt Berend niet mee.

Als ik allang uit de revalidatie ben en weer thuis woon, is het nog steeds niet over. Ik huil om veel. Niet erg wanhopig, maar dat weet ik nu pas. *Echt* huilen deed ik pas minstens twee jaar later, toen zette ik ook meteen zo ongeveer het hele ziekenhuis waar ik op dat moment verbleef, onder water.

Maar wat ik nu doe, is gewoon om alles snotteren. Het stelt eigenlijk niet veel voor. Bij de televisie huil ik het meest. Om de beelden waar iedereen om huilt, huil ik ook.

Maar ook om die slordige dikke Michael Moore huil

ik, om zijn betrokkenheid bij wat hij doet. Hij heeft natuurlijk óók een stinkende trui aan net zoals Maarten van Rossem, maar ik huil niet om Maarten van Rossem. Wel om Michael Moore.

Ik huil ook om Paul Witteman.

Hè? Wie huilt er nou om Paul Witteman? Ik zie hem een keer een nieuw programma presenteren. Het is al jaren geleden. Hij is zijn duo-presentator kwijt, Pauw zit niet meer naast hem, en hij is duidelijk op zoek. Hij heeft op dat moment nog niks gevonden, hij probeert wat hij krijgen kan. Die diep gegeneerde man, die tóch op handen en knieën op een yogamat gaat zitten met één been stijf achteruit, en zegt dat hij het geluk zoekt. Terwijl ik denk dat hij gewoon een succesvol nieuw programma zoekt, liefst met veel Bach, maar ja, je moet toch wát. Dan komen bij mij de tranen. Eventjes.

Later heeft hij zijn nieuwe programma trouwens binnen, en leuker dan hij had durven dromen denk ik. Ik weet het zeker.

In de huiskamer tref ik bij het ontbijt een oude mevrouw, die ik geweldig lief vind. Zij zit in een rolstoel net als ik, en schuift zwijgend met haar boterhammetje.

De oude mevrouw knikt vriendelijk als altijd goedemorgen naar mij. Ze maakt geen geluid, dat kan ze niet. Ze heeft haar boterham op zo'n speciaal ontworpen bord liggen waarop je blokjes kunt snijden zonder dat de stukken over de tafel vliegen. Iemand heeft zo'n bord bedacht en uitgevoerd. Misschien iemand die tijdelijk in het revalidatiecentrum gewoond heeft en dankbaar was voor alle goede zorgen.

Het snijden van de boterhammen op het wonderbord is nog niet zo makkelijk. Met haar vork schuift de oude mevrouw de stukjes van links naar rechts en heen en terug. Opeens verkrimpelt haar gezicht. Zonder geluid. Ik wil opstaan. Ik wil haar omhelzen en troosten en vasthouden en de boterham voor haar snijden. Ik wil de Florence Nightingale van de afdeling worden, het Zonnetje in Huis, zodat ze allemaal zullen zien hoe lief ik ben. Dat is niet speciaal aardig van mij. Ik heb hier een diepe behoefte aan vriendelijkheid en bewondering en dankbaarheid, al moet ik het zelf maar geven. Let op, oude mevrouw, daar kom ik met mijn liefde. Ik wil opstaan. Een verpleegster houdt me zachtjes tegen. 'Doe maar niet,' zegt ze, 'blijf maar in je stoel zitten. Je mag nog helemaal niet staan.'

Nu begin ik ook te huilen.

'Het is niet zo erg,' zegt de verpleegster. 'Het is niet écht huilen, dat moet je zo niet zien. Het gebeurt heel vaak, het hoort erbij. Wij noemen dat een *grimas.*'

Ik herinner me opeens mijn vaders gezicht, jaren geleden op zijn ziekenhuisbed. Die trok ook zo'n grimas. Ik weet nog dat ik daar toen nauwelijks op reageerde. Ik dacht: hij gaat dood, hij wil nog wat vertellen. Ik wist niet wat ik doen of zeggen moest, ik zat daar maar. Er kwam geen bekentenis, er kwamen ook geen tranen. Er kwam een *grimas.* Nu begrijp ik het pas. Toen ik uit mijn vaders kamer wegliep, was hij nog niet gestorven. Dat deed hij later, toen ik er niet bij was.

De oude mevrouw lacht alweer.

HAAST

Op de gang is een tafel neergezet die een vaste hoeveelheid folders en drukwerk presenteert aan de argeloze voorbijganger. Eens, toen ik er met mijn looprekje langsging, op weg naar de valtherapie of de zwemles, werd ik verrast door een onverwacht spandoek waarop in vrolijke feestletters stond dat het vandaag de JAARLIJKSE DAG VAN DE BEROERTE!! was, wat betekende dat de hele tafel vol gelegd was met in mijn ogen deprimerende foto's, folders en boeken. Opgewonden vrijwilligers keken wervend naar ieder die de pas vertraagde, alsof het ging om een haringkar waar ze gratis zure bommen uitdeelden. De koffieautomaat zoemde en pruttelde. Ik werd er sip van. Ik nam een nuttig boekje met oefeningen mee, dat ik in bed doorkeek. Er stond een foto in van een opgewekte oudere heer met een tuinschaartje in de hand die bezig was een bloem uit een hortensia te knippen en in de camera keek alsof hij dat kunstje zijn hele leven al had willen doen en nu eindelijk mocht, bofkont die hij was. In het boekje stond dat je nog heel wat aan jezelf kon verbeteren, vooral in de eerste maanden na de hersenbloeding.

Ik krijg enorme haast.

Het voelt of ik van de ene op de andere dag het rolscherm van de etalage van de luxewinkel gesloten zal aantreffen, met een bordje: WEGENS OPHEFFING LEEG-VERKOOP. Terwijl ik nog zoveel leuke dingen had willen uitzoeken!

Ik wil die winkel in! Ik ren als een gek voor de trein uit, zwaaiend met mijn portemonneetje. Mijn betaalmiddelen zijn inzet, dwarsheid en doorzettingsvermogen – ik wil nog zo veel mogelijk kopen voor het te laat is en de winkel definitief zijn deuren sluit.

Ik heb intussen begrepen dat mijn hersenletsel vooral sporen heeft nagelaten op het gebied van planning, concentratie, geheugen. Ik móet vooruitgaan. En wel nu. Ik hou boeken stevig vast waar ik thuis al in begonnen was en waar ik nu niks meer van snap. Ik lees ze niet, mijn blik gaat over de letters en ik verbeeld me dat ik lees. Neem *De Toverberg* eens mee, zeg ik hoopvol tegen Berend. Ik was thuis tot op de helft van de nieuwe vertaling gekomen, en thuis vond ik het een enig boek en heel mooi vertaald. Nu is het opeens verplichte kost geworden. Een reddingsboei in de woedende zee. En nu begrijp ik het niet meer. Ik begrijp de krant al niet.

Ik probeer niet alleen te lezen, ik kijk elke avond in bed naar de televisie, naar alles wat me moeilijk lijkt.

Ik zoek dagelijks in de tv-gids die Berend op mijn verzoek heeft meegenomen en zet elk programma aan waar ik van denk dat het moeilijk en leerzaam genoeg is voor mijn halfdooie brein. Ik blijf maar wakker en wakker. Het beweegt maar en het praat maar. Ik kijk maar en kijk maar. Mijn dagelijkse houvast is Matthijs van Nieuwkerk. Althans, dat denk ik. Die zit met zijn onderwerpen tussen het heelal en de jongensmuziek in, dus die bekijk ik elke avond helemaal, terwijl de helft niet eens tot me doordringt. Bij Matthijs komt in november professor Robbert Dijkgraaf twee uur lang aan een geïnteresseerd publiek vertellen over het Zwarte Gat. Ik ben een beetje kwaad. Ik begreep *altijd* wat die man vertelde! Een *professor!* Een intellectueel! Dat was juist zo goed aan die man, die kon je iets moeilijks uitleggen waar je niks van wist. Aan de telefoon zegt Berend lief tegen mij dat hij er óók niks van begrijpt, van dat hele Zwarte Gat, maar ik geloof hem niet. Ik hou vol, ik blijf doorgaan met kijken, maar al snel snap ik nergens meer iets van.

Na een week of wat televisiekijken en in mijn deftige *Toverberg* bladeren was ik zo doodvermoeid dat ik Gordon en Joling en hun hobby's al bijna te ingewikkeld vond en afzakte naar SBS 6.

Die twee waren nog weleens schaamteloos grappig tegen alles in. Maar tegelijkertijd vond ik vrijwel alle SBS-programma's die ik zag ordinair en onaardig en ik werd er vreselijk treurig van. Wat zijn de mensen harteloos. Ik zie een parade van Bekende Nederlanders, die betrokken gaan kijken zodra een grote of kleine ramp ter tafel komt. Ik zie ze langskomen en krijg een enorme hekel aan ze, in hoog tempo. Ik verlies volledig mijn gevoel voor betrekkelijkheid. Ze helpen iemand overeind om er een programmaatje van te brouwen en laten hem dan net zo hard weer vallen. Gadverdamme.

Ten slotte zak ik steeds meer af. Ik eindig met hele avonden SBS 6 en zie dan ook álles van SBS 6, voor het eerst in mijn leven. Nu weet ik wel zeker dat de wereld ten einde komt.

CARLA

Ze heeft al maanden haar kamer op Neuro B2, die ze deelt met een ander. Ze draagt kralen in haar haar en truitjes met lurex en applicaties, en ze heeft twee kleuren lichtgevende lippenstift in haar tasje. Ze laat ook zorgvuldig haar nagels lakken, de Franse manicure, maar ze heeft een paar woedende ogen in haar kop en er valt hier niets te lachen. Carla heeft de lach gewoon helemaal niet meer op haar repertoire. Ik was in het begin bang voor haar, maar sinds ik weet wat haar overkomen is zijn mijn starre hersens een beetje losgekomen, en ben ik steeds meer op haar gesteld geraakt.

Toen ik net binnen was in de revalidatie kwam ze mijn kamer binnenrollen met een zelfgehaakt pannelapje in haar tas. Dat wilde ze mij geven als een soort welkomstcadeautje, geloof ik. Ze had een vriendin bij zich, ze kwamen binnen zonder kloppen.

Ik dacht dat het lui van de roddelpers waren. Ik was in de war en verdomd vervelend en ik verbeeldde me nog wonder wat in mijn verwarring. Heel Nederland liet me met rust, er was echt niemand die me lastigviel. Maar ik voelde me bekeken als een Zielige Bekende Nederlander die een hersenbloeding heeft gehad. Ik stuurde Carla weg met haar vriendin en haar pannelap, terwijl ik mekkerde over privacy en dat het zo de afspraak niet was.

Ik heb me daarna nog een hele tijd gegeneerd voor Carla. Ik schaamde me zelfs dat ik maar tijdelijk in een rolstoel zat.

Toen Carla afscheid kwam nemen omdat ze bij ons wegging, huilde ze. Het was de enige keer dat ik haar zag huilen. Later hoorde ik dat ze in het revalidatiecentrum geen 'nieuwe vaardigheden meer kon verwerven'. *Niet meer leerbaar*, noemen ze dat. Daar gaat het om, in een revalidatiecentrum. Je mag blijven tot je klaar bent om terug naar huis te gaan, of naar een andere plek waar je je minstens kunt redden in het leven. Als je op enigerlei wijze de trap op en af kan, of je kunt je aan- en uitkleden en wassen met een beetje hulp van de thuiszorg, dan moet je je kamer uit. Dan heb je bereikt wat je bereiken kunt, dan ga je voort met je leven. Dat is nog een hele prestatie, als je dat punt bereikt met een stevig hersenletsel.

Maar Carla was niet blij. Ze was gehecht geraakt aan de dagelijkse routine van onze afdeling, aan de beschutting van de hoopgevende therapieën, aan de zekerheid van een vaste plek in het leven. Op de afdeling was iedereen dol op haar, het was haar thuis geworden.

De man die tijdens het ongeluk naast Carla in de auto had gezeten, lag sprakeloos en onbeweeglijk in een verpleeghuisbed ver weg. Thuiskomen zou hij waarschijnlijk niet meer. En Carla kon toch moeilijk naast hem gaan liggen.

En zo kwam ze in een verpleeghuis bij de oude mensen terecht, waar ze zich niet echt thuis kon voelen. Ik hoorde dat ze er weinig contact met anderen had. Daar viel niet veel te babbelen bij het pannelappenclubje.

Ik vond Carla een heldin. Ik zag haar voor het laatst bij de fitness-afdeling, zittend op een enorme driewieler in de zomerzon, met aan haar voeten keiharde aangepaste schoenen die haar pijn deden, met hangende mondhoeken en een slappe arm waarmee ze naar niemand wuiven kon.

ELLIE

Ik ga de krant zitten lezen. Ik lees de krant niet, ik doe alsof. Ik kan niets lezen, ik kan me niet concentreren. Ik wil nu even lijken op iemand die de krant leest. De verpleegster zegt zachtjes tegen mij: 'Mevrouw. Wilt u *geconcentreerd* eten?'

Ik zeg: 'Of anders? Gaat u dan mijn krant afpakken?' Blijkbaar ben ik zó ongeconcentreerd dat ik ook nog kruimels in het rond sproei – die zie ik zelf niet. Omdat ik me ervoor schaam, doe ik overdreven vrolijk. Stel ik me overdreven lollig op. Ik denk dat dat wel leuk is, zo'n grapje.

Al die behulpzame opmerkingen en gedwongen assistentie zijn natuurlijk ergens goed voor, ik moet leren om mijn bordje leeg te eten zonder dat alles op het plafond komt te zitten, ik moet mijn tanden netjes kunnen poetsen. Maar ik wil niet behandeld worden als een machteloos kind. En dat ben ik wél. Ik ben een vies, machteloos kind.

Ik krijg bij de wastafel briefjes en fotootjes op strategische plaatsen. Borstel pakken, een piepklein frutje tandpasta op de borstel doen, poetsen. Mijn tandvlees bloedt. Iemand heeft gezegd dat ik extra goed moet poetsen, vanwege de medicijnen. Voor de frisse mond.

Ik denk dat mijn tanden eruit zullen gaan vallen. Dat is niet leuk voor iemand die elke drie maanden dwangmatig de parodontoloog bezoekt.

Ik mag een uur naar de naaikamer. Hahaha! De naaikamer! Op een lapje voer ik de festonsteek uit, met een dikke naald en een touwtje. Ik denk dat ik het redelijk doe, maar ik ben blij dat ik het resultaat pas onder ogen krijg als ik maanden later weg mag. Het kunstwerk ziet eruit alsof een chimpansee met opgetrokken schouders en dikke tong blijmoedig heeft zitten prutsen.

De aardige huispsychologe vraagt me geregeld of ik ook *boos* ben. Boos? Het is de bedoeling dat ik het toegeef, denk ik. Anders kom ik niet van de boosheid af. Dat kan natuurlijk alleen als ik toegeef dát ik boos ben. Maar als ik boos ben, op wie of wat ben ik dan boos? En twee ons Boos, waar kan ik dat kopen? God? Daar ben ik niet zo van. Misschien moeten ze je als hersengeletselde wel gedwongen diepgelovig maken, anders kom je niet vooruit. Als je keihard in iets gelooft, ben je tot veel bereid.

Op de fysiotraining zie ik een voorbeeld in de trainer. Daar staat elke dag een diepgelovige toren van vlees en lillende spieren oplettend om zich heen te loeren of je niet buiten je boekje gaat. Als ik *gódverdomme!* roep omdat een gewicht te zwaar is om te tillen, roept hij klakkend met grote ogen: *Ja heeeee! Hooo!!* Alsof ik een onwillig paard ben dat met de zweep moet. Daar word ik nou écht onwillig van.

Ik zou trouwens nooit vloeken binnen gehoorsafstand van Ellie, de allerliefste ergotherapeute, van wie ik dagelijks les krijg. Ellie is ook gelovig, maar ze wil mij geen vloek afleren, ze wil me praktische dingen leren waar ik wat aan kan hebben in het dagelijks leven. Ze valt mij niet lastig met haar Godsbeleving, al heeft ze die wel.

Ik heb intussen boekjes bij Ellie gelezen, grafiekjes gezien en mee naar huis genomen, gesprekken gevoerd, cursussen gevolgd, en uit alles maak ik op dat de tijd dat je nog wat kunt bijleren, eindig is. Hoe gebruik je die eindige tijd? Kalm blijven, niet gaan stampvoeten, niet gaan vloeken, hoeveel pijn het ook doet. Bij Ellie in de buurt vloek ik niet. Ellie is lief. God is bij Ellie een hoopvolle grafiek in rood en zwart. De grafische God van Ellie wil ik wel aanbidden.

Ik begrijp steeds beter dat mijn tijd om te genezen beperkt is. En ik begin meteen al totaal verkeerd. Ik wil niet accepteren dat aan mij niet alles te genezen vált. Ik mankeer wel wat, vertel ik mezelf, maar dat gaat over. Ik heb gewoon geen tijd voor deze flauwekul. Ik ben iemand met een pukkeltje waar ik last van heb. Ik accepteer die grafiek niet, ik blader in dat boekje om een goeie indruk te maken. Ik wil niets liever dan een goeie indruk maken.

We zitten naast elkaar aan de werktafel. De vooruitgang kan nog jaren doorgaan, zegt het lieve meisje van de ergo, met haar vinger op de pagina. Kijk, zegt ze, lang niet alles ben je kwijt. Je kunt nog gerust best wel bijleren, zegt ze. Daar moet je voor openstaan. En om ervoor open te staan, moet je eerst accepteren dat het zo *is*.

Op een dag mag ik met Berend koffie gaan leren zetten. Ellie zet alles klaar in de oefenkeuken. Berend gaat gezellig mee, ik vraag het hem dwingelanderig, dan ziet hij ook eens wat ze hier allemaal met me doen. Hij is te moe en vooral te behulpzaam, en als hij ziet dat ik hem in de gaten hou laat hij verzenuwd het dienblad met de koffiebekers uit zijn handen vallen. Rinkeldekink, alles breekt, de koffie gaat over de vloer. De therapeute lacht. Ik denk dat het mijn schuld is.

Mijn hart breekt ook.

Ik krijg dagelijks lessen van Ellie. Ik ben intussen erg op haar gesteld geraakt. De goede raad en de welzijnstermen vliegen me om de oren. Termen waar ik meestal hele kwaaie maagsappen van krijg, maar ik ben bereid om Ellies leven te sparen. Het gaat vooral om de woorden PLEKJE en GEVEN. Energie. Rugzakje. Rugzakje Vol. Rugzakje Leeg. Dat Moet Je Aanvaarden. Geduld. Lief Zijn Voor Jezelf.

Lief zijn voor mezelf? Ik wil helemaal niet lief zijn voor mezelf! Gewerkt moet er worden! Straks is mijn tijd op en dan ben ik nog niet beter. Ik wil gewoon weer wezen wat ik vroeger was, al heb ik mijn hele leven gevonden dat ik niet veel voorstel. Dat zit in mij, dat heb ik ooit zo geleerd of overgenomen van iemand. Dat denk ik. Iemands eigen karakter, daar kan die hele hersenbloeding verder niks aan doen. En Ellies God ook niet. Het komt allemaal uit mij. Ik denk dat ik het zelf ben. Ik ben het natuurlijk ook zelf. Heb geduld, zegt Ellie keer op keer. Maar geduld is een woord dat ik slecht versta. En áls ik al weet wat het is, heb ik er veel te weinig van.

Ik denk voortdurend dat ik niet genoeg mijn best doe. Ik heb ook aldoor pijn, op alle plekken. Ik til veel te zware gewichten bij de fitness. Ze kijken ervan op, hoe zwaar. Maar ja, in een revalidatiecentrum ben je ooit een keer uitgerevalideerd. En de tijd dat je *leerbaar* bent, is eindig. Het blijft een naar woord, *leerbaar*. Nou ja, er zijn nog naardere woorden.

Maar later gebeurt er óók nog van alles, zegt Ellie sussend. Ze ziet er heel jong uit, haar gezicht spiegelt alles wat er aan gevoel langskomt. Een klein lief gevoelig paardje. Als ik zo'n dochter had, zou ik er veel van houden. Kijk dan, zegt ze tegen me, er komt nog genoeg vooruitgang. Straks. Dat gaat niet zo hard meer dan, maar dat kan nog járen doorgaan, zegt ze met haar wijsvinger op de pagina met de grafiek. Haar vingertop wordt een beetje wit, zo hard drukt ze ermee op de bladzij, zo graag wil ze dat het goed gaat. Het ontroert me steeds weer als ik zie hoe betrokken ze is bij mij en bij wat ze doet.

'Kijk,' wijst Ellie mij aan, 'je hebt jezelf als een kind alles opnieuw eigen moeten maken. Hier gaat de lijn snel omhoog,' zegt Ellie, 'dat was het begin.' Kijk, wijst ze. In het begin maak je de meeste stappen. Dan gaat het 't hardst. Ze wijst de stappen aan. Het is een trap met vele treden. Een aantal plaatjes later worden de stappen minder hoog, en minder frequent. Geen van de plaatjes gaat over mij, het zijn leerzame illustraties in een boekje, meer niet. Het gaat niet over mij.

Ik kijk even naar buiten. Het is een mooie zomer. Maanden later hoor ik dat het een van de mooiste was.

DE VALKLAS

Je kon je ook inschrijven voor de valklas. Dat was één keer per week, vroeg in de morgen. Traag en niet al te bereidwillig drentelen we binnen. Het was altijd vroeg in de morgen, de valklas. Een dikke matras van drie bij drie meter lag al voor ons klaar. Soms kwam er een partner mee, die in een hoekje ging zitten breien of een tijdschrift lezen. De aardige therapeut legt handdoeken op de mat. Dan doet hij het nog één keer voor. En nog een keer. We hebben het de vorige week ook gedaan. Ik snap nog steeds niet wat ik doen moet, voornamelijk omdat ik het niet snappen wil. Moet mijn bovenlichaam op tijd draaien en dan vallen.

En dan kan ik het niet. Ik zal voor schut staan, dat weet ik zeker.

Daar is niks nieuws aan. Als ik vroeger tijdens een kinderfeestje een opgegeven dier moest uitbeelden deed ik alsof ik de opdracht niet begreep. Giraf! Giraf! riepen de kinderen, steeds harder, alsof ik doof was. Ik wist heus wel wat een giraf was, maar ik durfde geen giraf na te doen. Mijn schande werd groter en groter. Ik wilde geen giraf nadoen. Ik durfde niet. Ik schaamde me zo. Ik wilde het liefst verdwijnen. Ik durf nooit iets.

Voor de viering van een jubileumverjaardag van vrienden, jaren later, wordt een diner dansant aangekondigd. Vanwege de voorpret krijgen de gasten allemaal drie keer een paar uur les van een kundig danspaar. Ik doe maar mee. Dat jaagt me nog dieper de put in. Wat het ergste is; ik word zó door schaamte verstijfd dat ik er de schuld van ben dat Berend ook geen voet meer voor de andere krijgt. Ik heb in mijn hele huwelijk met Berend hooguit een paar keer met hem geschuifeld. Op de feestavond zelf komt de allerliefste Stanley B. naar me toe met een fake-balboekje. Hij wil me helpen, moed geven, hij is lief en geduldig en grappig.

'Aah joh, effe lachen,' zegt hij.

Het ergste is: ik ken die warme aardige uitstraling.

Ik ruik dat het medelijden is.

Maar hier is het werken, is het revalidatie geworden, om te maken dat je je leven een beetje beter door zal komen. Ik wil dat ze zien hoe keihard ik mijn best doe.

Dan word ik toch vast en zeker beloond.

We vielen allemaal anders. Bram traag en dreunend als het omgehaalde standbeeld van Saddam Hoessein. Het leek wel of een wolk van woestijnzand omhoogkwam waar hij de matras raakte. Ikzelf ging gewoon maar een beetje raar en bangig op mijn kont zitten. Ik praat het met gemak goed: alles goed en wel met die gezellige dikke oefenmatras, vallen doe je onverwacht en snel, op straat, op de keukenvloer, keihard recht op de tegels of het asfalt, en dan breek je van alles. Je hebt echt geen tijd om je lichaam mooi te draaien. Maar we deden allemaal toegewijd ons best.

Tengere kleine Teus zakte bij elke les traag en ernstig loodrecht in zichzelf weg als de Twin Towers – onverwacht licht en bijna elegant. Het beeld van elf september drong zich bij elke les genadeloos op. Daar ging Teus. Elk moment nu zou de rolwolk van rook en as zich gaan verspreiden door de eindeloze gangen van de begane grond van de sportzalen, verbijsterde en witbepoederde rolstoelers voor zich uit drijvend.

Hoe dan ook, doorzetten was de boodschap.

En gevallen werd er.

Het overeind komen was nog harder werken, vonden we allemaal.

Ik vond eerst dat we te weinig tijd besteedden aan het oefenen zelf, maar na zes keer namaakvallen en jezelf met grote moeite overeind (laten) hijsen was de energiekoek helemaal op en de volgende dag krijsten alle spieren van woede.

Ook hier waren na een aantal weken nog maar een paar leerlingen over.

De lessenserie zou eindigen met een val, de Koningsval zal ik maar zeggen, op de kale vloer. Ik verzon een smoes, ik durfde niet. Het was alsof ik mijn eindexamen op school niet haalde en ik voelde me behoorlijk lullig.

De therapeut zegt: En nou een beetje draaien. Laat je maar gaan.

Laat je gaan? Ik laat me niet gaan! Dat durf ik niet, dat mag niet.

Van wie niet?

Van MIJ niet! Gek! Ik laat me nóóit gaan! Nooit! Dat heb ik niet geleerd! Daar heb ik in mijn leven nog veel verdriet van gehad, van de dingen die ik niet geleerd heb.

En dat terwijl ik al bijna zeventig ben. Het duurt niet lang meer of ik ben een ontremde bejaarde, dan is mijn narigheid voorbij. Dan doe ik zonder angst of schaamtevrees een giraf na die met Stanley B. danst.

PARTNER

Iedereen in het revalidatiecentrum kan zich inschrijven voor deelname aan van allerlei. Vaak nemen ze hun partner mee naar de les, dat wordt gestimuleerd. Die partner zit dan aan de kant te wachten tot het uur voorbij is. Met een boek, een breiwerkje of de *Libelle*. Intussen weet ik dat de achterliggende gedachte is: ik *doe* tenminste iets.

Wie een hersenbloeding krijgt en geluk heeft, heeft een goeie partner. Die heeft het hartstikke druk met je. Partner, zo noemen ze dat in welzijnsland. Ik vind het een schitterend passend woord.

Het baantje is weer minder schitterend. Het baantje is zwaar.

Ik wil mezelf altijd verbeelden dat ik nog precies dezelfde schat ben die ik altijd al was, maar iederéén die ziek is verandert. Zeker mensen met een hersenbloeding. Het hangt er een beetje vanaf waar de schade in je brein zit. Zo zijn mijn zeurkwaliteiten, die ik altijd al had, in flinke mate toegenomen. En als je veel te klagen hebt dan doe je dat tegen de partner, die op het laatst niet meer weet waar hij de onbekommerde vrolijkheid voor die dag nog vandaan moet halen. Als je zelf heel goed inziet hoe zwaar het voor je partner is, is het nog veel erger. Dan denk je: het is mijn schuld. Je ziet wat je aanricht, en je kunt er niet mee ophouden. Toch ga je maar door met tegenspreken en vragen.

Hoe dan ook: zonder partner is het bijna niet te doen. En toch moet het. Die van mij is zo toegewijd dat ze weleens proberen hem een beetje weg te houden. Ik ken ook een vrouw die meerdere malen per week naast haar man zit, terwijl die haar toch wel een paar blauwe plekken bezorgd heeft, op haar arm en op haar ziel. Ik zeg dat ik haar geweldig vind. 'Ik hou van hem,' zegt ze. 'Ik hield toen ook van hem. Dus waarom zou ik dan opeens niet meer van hem houden?'

Vooral de ouderen, die niet veel baan meer omhanden hebben, kunnen tijd vrijmaken om partner te zijn. En vaak doen ze dat ook. En het kost ongelooflijk veel tijd. Ik let heel erg op partners omdat ik, zelf patiënt, ze steeds zo dichtbij zie, en ik wil ze eigenlijk wel heiligen noemen, die mensen.

Ik heb intussen wat hier 'Dag-therapie' heet – dan slaap je thuis, maar je komt naar de revalidatie voor lessen in leven. Berend komt wel, maar hij gaat niet bij mij in het therapielokaal zitten. Hij brengt me weg en gaat dan ergens een broodje eten. Ik ben ook blij dat hij dat doet, want ik heb het idee dat hij zijn hele leven op mij inricht, net als vele andere mannen en vrouwen die ik tegenkom in het centrum. In het begin kreeg ik honderden beterschapskaarten toegestuurd en op alle, letterlijk álle, stond erbij: *en vooral ook heel veel sterkte voor uw man.*

Dat was niet zomaar, natuurlijk. Ik denk weleens: wat heb ik altijd weinig interesse in alles gehad, ik heb nooit een gedachte besteed aan wat zo'n ziekte betekent voor patiënt en partner. Bij het omkleden voor het zwemmen zie ik een vrouw met alleen een linkerarm, in een rolstoel. De kindjes komen soms met haar man mee op bezoek, en dan denk ik: hoe moet dat in godsnaam verder? Hoe gaat die vrouw dat allemaal doen? En haar man, die moet werken. Hoe gaat dat allemaal goedkomen? Zorgen, zorgen.

Eén meneer vult zijn hele leven onderhand met het bijstaan van zijn vrouw. Hij is er altijd.

Thuis wijdt hij al zijn vrije tijd aan het bedenken en in elkaar knutselen van slimme hulpmiddeltjes voor van alles, ook een oefenapparaatje voor het versterken van de handspieren. Het is een slim ding, waarmee je elke vinger afzonderlijk kunt trainen op kracht.

Hij doet het voor. Ze moet een hendeltje naar boven duwen met haar vinger, de pezen in haar hand spannen zich angstaanjagend strak maar er komt nauwelijks beweging in. Het zal lang duren vóór er een millimeter beweging in komt.

De vrouw is er geconcentreerd mee in de weer. Zittend in haar rolstoel, helemaal ingeklonken van verbeten concentratie. Als ze even opkijkt om te zien hoe haar man erbij zit, doet ze dat met grote, brandende, gitzwarte koologen. Ze lacht nooit. Misschien kan ze fysiek niet lachen. Misschien is ze wel woedend, ik weet het niet – want praten doet ze niet.

En ik, bemoeizuchtige, vind dat deze man te weinig

beloond en geprezen wordt voor al zijn inspanningen. Complimenten geven, dat moet ik! De vrouw is nu te verdrietig en te bezeten om het te kunnen doen, maar ik vind dat er stevig ingegrepen moet worden.

Ik stap op hem af en begin hem juichend te prijzen om wat hij gefabriekt heeft. Hoe bedenk je het! Laat nog eens zien? Mag ik eens proberen? Het lijkt verdorie wel of hij niet goed bij zijn hoofd is.

Ik bedoel het goed, maar ik dóe het niet goed. Ik doe gewoon nogal raar, alsof hij een kleuter is. En wat ben ik nou helemaal? Een volwassen vrouw met een SAB, die denkt dat ze wel redelijk functioneert en een zinvolle bijdrage kan leveren.

Haar man zit met een boekje op de rand van de trampoline. Hij wacht tot ze klaar is. Daarna gaat hij haar op een andere plek helpen met de dingen die ze doen moet. Ze kan overeind komen en gaan zitten, daar heeft ze op dit moment hem niet voor nodig. Straks misschien altijd. Dan gaat die man zijn vrouw met de koologen helpen met de wc, met de douche, en bed in bed uit. Nu gaat ze op een van de andere trainingsapparaten aan de slag. Er staat op het zeil nog een autostuurtje, waar ze aan draaien kan. Want op een dag gaat ze weer autorijden, als het aan hem ligt. Of aan haar. Hoe weet ik dat? Droomt zij daarvan? Of hij?

Later kom ik ze nog tegen op de gang. Hij rijdt haar rolstoel voor zich uit en zij heeft het vingertrainertje in haar hand. Het autostuurtje heeft ze niet bij zich. Als dat zo geweest was, was ik waarschijnlijk over de schreef gegaan in mijn onbedwingbare geinige toeterzucht.

LULKOEK

Een vrijwilligster komt op me af terwijl ik op weg ben naar een van mijn lessen, met mijn looprek. Ze duwt een rolstoel voort met daarin een middelbare vrouw die duidelijk een beroerte gehad heeft en niet kan praten. Dat doet de vrijwilligster wel voor haar, daar heb je vrijwilligers voor.

'Ik wou u iets zeggen, u hebt heel veel goed gedaan,' zegt ze. 'Weet jij wel dat het voor heel veel mensen een steun is, dat jij hier zit? Die mensen denken: als *zij* een hersenbloeding kan krijgen, dan kunnen wij het allemáál krijgen. Zo gek is dat dan dus niet. Dat geeft al die mensen steun. Haar ook. Toch? Dat geeft heel veel steun aan ons allemaal.'

Ik moet mijn voorraad lulkoek ernstig aanspreken voor het antwoord.

'Graag gedaan,' zeg ik.

ZWEMLES

Toen ik begon met revalideren, kreeg ik een meelevende brief van de oud-directeur van het AGO Zwembad in Diemen. Als ik wilde mocht ik in zijn bad zwemmen en revalideren. Het zwembad was fantastisch van alles voorzien. Hij was intussen geen directeur meer, maar hij wist nog prima wie ik geweest was: de Bekende Nederlander van de actie 'To moet zwemmen', waar ik jaren terug een presentatieduit in het zakje heb gedaan. Ik moet meteen huilen. Het zal eens niet.

'To moet zwemmen' heette de actie. To was het gezicht van de actie. Eigenlijk was To de eerste Ster onder de Mongolen. Het woord 'Down' gebruikte nog niemand serieus, zoals ik het me herinner. To was fantastisch en grappig en ze raakte ook behoorlijk verwend. Ze kon ontzettend lelijk doen als ze haar zin niet kreeg. Ze kon de zuurste kop trekken van iedereen. Je moest To een beetje goedmoedig plagen als ze te veel naast haar schoenen ging lopen van opgeblazen onwil. To stond met geloken blik en een dampende sigaret tussen de vingers op het affiche, als een gerimpelde ouwe filmster. Dat was toen gewoon erg leuk en niemand deed moeilijk. Wij van het Comité doopten de actie onmiddellijk om tot 'To moet roken'.

De brief van de vroegere AGO-directeur kwam onverwacht, maar het eerste wat ik dacht was: To zal er nou wel niet meer zijn. To was veruit de oudste mongool die ik kende. Op dat moment. Ik zou liegen als ik zei dat het een zachtmoedige schat was.

Ik heb in Diemen niet gezwommen, want mijn revalidatiecentrum had ook een zwembad. Daar mocht ik weleens in, op een rustige tijd. Ik vond het een gigantisch mooi privilege. Er doen maar een paar mensen mee, over het algemeen. Maar je boft als je erbij mag zijn.

In de takels hangt soms een prachtige jongen, die zo blij lacht als hij het lauwe water voelt, dat alle vier de therapeutes die hem zachtjes laten zakken, net zo blij worden als hij. Ik word óók blij van hem. Wat is die jongen mooi en vol goede wil. Als hij lacht, overstraalt hij het zonlicht dat door de grote ramen naar binnen valt.

Maar mijn stemming wisselt voortdurend. Dat hoort erbij, geloof ik.

Staande in het water legt een jonge therapeute zakelijk aan een meisje uit waar haar hersenletsel zit, waarom iets aan of in haar het niet doet. Het meisje luistert en knikt rustig. Ik weet niet eens of het helemaal tot haar doordringt. Ik kan het niet uitleggen, maar ik word vanbinnen woedend. Hou je kop toch! Moet ze geen hoop meer hebben?

'Wie wil er muziek?' vraagt de jonge therapeute nu opgewekt. We zijn allemaal opgewekter dan anders, misschien omdat die prachtige jongen in de takels zo dichtbij is. Tegelijk met haar vraag knalt de muziek over het water. Het is muziek waar ik meteen stokoud van word. Keihard. Ik word gek. Er zijn zieke mensen hier, roep ik. Zieke mensen hier!

Moet het uit? vraagt de jonge therapeute en zet de muziek meteen heel zacht. Wat doe ik lelijk, ik lijk To wel als die haar zin niet kreeg. Ik zou wel ter plekke willen verdwijnen, zo schaam ik me voor mijn onbeheerste gedrag.

Na het zwemmen moet je je snel verkleden, zodat je van de verdieping weg kunt wezen als de kinderen komen. Op de gang staan de rolstoeltjes al klaar naast elkaar. Op de vloer van de gang is een snelweg geverfd, zwart asfalt met een middenstreep en een racebocht.

Voor de zwemles komen de kinderen zich zingend uitkleden in de kleedkamer. Ze kwetteren als vogeltjes. Die moet je hun privacy gunnen, dus ik ga snel naar waar ik met Berend heb afgesproken: buiten op de parkeerplaats. Daar staat een jongetje met zijn jonge ouders tussen de geparkeerde auto's. Hij heeft een mollig gezichtje en van die grote doorschijnende oudemannen-oren. Hij heeft zijn krukken bij zich. Aan zijn ene been zit een prothese.

Ik begrijp dat hij de stompen moet gaan belasten, en dat dat pijn zal doen. Langer durf ik niet te kijken. Voor hij de eerste stap zet gromt hij al, omdat hij weet wat er komen gaat. Aan zijn ouders is te zien dat zij het ook weten en dat ze het proberen te verbergen.

Ze maken grappen met elkaar en met hun zoon. Ze lachen en sporen het jongetje aan. Ze staan een klein stukje uit elkaar en strekken hun armen uit. Kom maar naar pappa, kom maar naar mamma.

Berend en ik huilen allebei stilletjes in de auto op weg naar huis.

WIE HOOG GEZETEN IS

Op een novemberdag in 2015 stapte ik met Berend en een opgetogen therapeute uit de auto bij ons huis, waar we samen gingen kijken naar de beste plekken voor de handgrepen. Het zag er intussen al naar uit dat mijn verblijf in de revalidatie ten einde ging komen.

Een uitje waar Berend zich lange tijd op verheugd had: eindelijk zou ik zien hoe keurig de tuin er bij lag. De tuin is mijn grote liefde, en Berend had er veel werk aan besteed, samen met onze bevriende tuinmannen.

'Kijk schat, we zijn er!' zei Berend. Hij parkeerde de auto op wit grind en deed zwierig de autodeur voor me open. Was dat mijn huis? Het leek niet. Ik stap toch maar uit. Er staat een rare heg, en er groeit rare klimop op onverwachte plekken tegen een huis dat ik niet ken. Die hele plek bestaat gewoon niet. Ik herkende niets van wat ik zag.

Maar we gaan toch niet de sfeer verpesten op deze feestelijke dag? Ik zei dus niks, ik verzweeg dat ik de klimop niet kende, de entree naar de hal niet, en ook de keuken niet. En verder dan de keuken ben ik niet gekomen.

We gaan met de therapeute naar binnen. 'Mooi hè,' zegt Berend blij. 'Vind je het mooi? We hebben alles bijgehouden.' Ik verander ter plekke mijn angst en schrik in enthousiasme. De therapeute lacht, die is ook blij.

Ik ga in de keuken zitten. Ik zit hoog, op een berg meubels en tegels. Boven op die berg staat mijn stoel. Hoe ik erop klim weet ik niet, maar ik zit er opeens en als een vorst kijk ik uit over mijn niet-bestaande domein. In de hal hoor ik iemand hoesten. Ik sta nieuwsgierig op en val meteen. Ik merk pas dat ik gevallen ben als ik op de grond lig, zo snel ging het. Ik zat gewoon op een gewone keukenstoel, vertellen ze me later.

Ik val en het doet niet eens pijn. In slow motion zie ik mijn eigen hoofd stuiteren, maar er stuiterde niks. Ik viel gewoon. Er was geen berg meubels en stenen in de keuken. En het was mijn huis niet.

Berend is geschrokken omdat ik gevallen ben, maar ik ben rustig. Ik wil niet dat iemand narigheid van mij heeft, zeker niet iemand van wie ik hou. Dan word *ik* juist heel rustig. Ik zeg precies de goeie dingen. Ik ben Kampioen Geruststellen.

Niks aan de hand. Ik heb geen pijn. Ik heb ook écht geen pijn, alleen maar schaamte. Dat is toch een grote dag, de dag dat je je eigen huis weer gaat bekijken! Waar zo driftig aan getimmerd is en waar ze de planten zo toegewijd water hebben gegeven en de klimop gesnoeid! Iedereen heeft ernaar uitgekeken dat ik het resultaat zou zien. Ik denk dat ik de hele dag verpest als ik vertel dat ik het niet herkend heb, dus ik hou mijn mond.

We gaan met zijn drieën terug naar het revalidatiecentrum, waar ik op mijn bed ga liggen. De Kampioen wordt aan alle kanten bekeken en betast. Ze duwen aan mijn benen. We denken allemaal dat er niks gebroken is.

Maar ze vertrouwen het niet helemaal. Er moet een foto van de heup gemaakt worden. We wachten bijna twee uur op de ambulance, en het is al lang donker als we gaan. Berend zal met de ambulance meerijden naar het Antonius Ziekenhuis, daar hebben ze de röntgenapparatuur, en ze kunnen er ook opereren als het moet. Nou ja, misschien is er niks aan de hand, en dan keer ik meteen weer terug. Het was een overleg van jewelste.

De ambulance leverde me in de duisternis bij het Antonius af. Mijn heup blijkt inderdaad gebroken, zegt de foto, maar de breuk lijkt niet al te ingewikkeld. Het is intussen al behoorlijk laat. Ik moet blijven. Morgen word ik geopereerd, morgen is er weer een dag.

Nu lig ik in een bed in het Antonius Ziekenhuis en Berend zit in een taxi op weg naar huis. Het is ver na middernacht, hij kan niet meer uit zijn ogen kijken.

Meneer, zegt de taxichauffeur tegen Berend, er is vanavond iets heel ergs gebeurd, in Parijs.

Er kwam in het ziekenhuis nog een lange nacht aan, dus ik lag een beetje dom naar de televisie te kijken. Ik zag de aanslagen in Parijs voorbijkomen. Sirenes, brancards, paniek. Ik wist zeker dat de wereld verging, dat er een kernoorlog was uitgebroken. De wereld kwam in zijn allerlaatste oorlog tot zijn einde. Ik kon het zelf zien, het was in het nieuws. Ik begreep niets meer. Er kwam niemand naar mijn kamer. Ik dacht: ze zijn allemaal weggegaan.

Ik ben nog nooit in mijn leven zo bang geweest.

DELIER À DEUX

Na mijn heupoperatie heb ik voor de eerste keer in mijn leven een delier gehad. Wát hebt u gehad?

Een delie-hier!

Ik was met mijn verwarde kop lelijk ten val gekomen en er zat een barstje in mijn heup, en dat barstje moest gezet worden. Die operatie deden ze keurig netjes in het grote Antonius Ziekenhuis. En vervolgens was ik ongevraagd in een vervelende delierpatiënt veranderd.

Ik was er helemaal bij, en toch ook weer niet. Met een televisie boven mijn bed, die luid verslag deed van wat zich elders op de wereld afspeelde. Ik lag mijn delier uit te braken, terwijl in Parijs de machinegeweren zich leegden in duizend herhalingen van de verschrikkelijke aanslagen daar.

Ik was enorm in de weer. Ik siste, ik ging rechtop zitten, sprak foutloze beledigingen uit met een glasheldere stem, ik was ijzersterk, veel sterker dan ik eigenlijk was of kon zijn op dat moment, zei Berend later. Hem hadden ze gebeld om de nacht in een bed naast het mijne door te brengen, omdat ik voortdurend woedend bezig was uit bed te klimmen en de verpleging me bijna niet in bedwang kon houden.

Toen de nacht voorbij was, wilden ze me verder verplegen in het ziekenhuis. Maar als je moet worden gerevalideerd van een hersenbloeding, moet je in een speciaal revalidatiecentrum wezen. Berend heeft gesmeekt en gestampvoet, tot ik weer terug mocht naar mijn eigen centrum. Die heup, daar zouden ze daar óók heel goed voor zorgen, die zou heus wel genezen.

Trouwens, ze hadden mijn kamer daar voor me vrijgehouden, dus kon ik weer naar mijn vertrouwde bed in de kamer die intussen zo'n beetje *mijn* kamer was geworden. Ik werd daar in een ambulance heen gebracht.

En Berend kon eindelijk naar huis om echt te slapen. Maar in mijn oude kamer in het revalidatiecentrum was ik óók niet te hanteren, schijnt het. Berend moest beloven dat hij dan nu op mijn kamer kwam liggen, in een bed naast mij, om me rustig te houden. Dat bed waren ze al voor hem aan het neerzetten.

Hij deed het. Hij had het er maar druk mee. Ik ben wel moe, zei hij tegen het verpleegstertje dat hem naar onze kamer bracht, waar ik al kwaadaardig op hem lag te wachten.

Ik weet er niks van. Ik weet goddank ook niet meer precies wat ik tegen Berend heb gezegd in zijn bed naast mij, dat zich om hem heen kronkelde en vasthield als een monster uit *Harry Potter*. Maar ik heb hem verrot gescholden, schijnt het. Drie hele dagen. Ik zie zijn krijtwitte kleinejongensgezicht nog voor me. Dat dan weer wel, je vergeet helaas niet alles. Wel heel veel. Ten slotte waren we allebei zó uitgeput dat we samen een volle nacht droomloos geslapen hebben. We tuimelden in een diepe put, sliepen onszelf volkomen leeg en toen was het over.

Ik heb de uitdrukking 'délire à deux' weleens gehoord. Maar romantisch was het niet. Het was namelijk behoorlijk naar. Mijn zachtmoedige vriend Yan kwam verstijfd van schrik thuis na een uurtje aan mijn bed gezeten te hebben, en zei tegen Winnie: 'Nou schat, die stem van Martine, daar hoef je geen zorgen over te hebben. Praten kan ze nog, en goed verstaanbaar ook.' En toen barstte hij opnieuw in snikken uit.

Ik had mijn liefste vriend, die óók niet wist wat een delier was, een kwetsende verbale scheldbeurt in correct en vindingrijk Nederlands gegeven, en dat was nogal stevig aangekomen.

Waar haalde ik dat allemaal vandaan? En waarom wou ik dat doen? Toen heeft een aardige verpleger mijn vriend apart genomen en kalm en uitvoerig uitgelegd wat een delier is. Die man verdient veel lof.

Ik had van een delier nog nooit gehoord, ik wist niet eens dat het bestond. Ja, als je te veel zuipt, dan krijg je een delirie-júm. Dan zie je roze olifanten, geloof ik. Daar weet ik niet veel van. Maar ja, van hersenbloedingen wist ik ook niks, en toch kreeg ik er een.

Volgens mij is een delier iets anders dan de gemiddelde hallucinatie, angstdroom of waan. Ik heb die intussen allemaal wel een keer voorbij zien komen, en dit was anders. Onvergetelijker, ook. Maar misschien heb je delieren in soorten en maten. Ik ben er later op internet over gaan lezen. Dat had ik óók beter niet kunnen doen.

Want je gaat toch aan jezelf twijfelen. Want wat je gezegd hebt komt je, langs welke omweg dan ook, uiteindelijk toch wel ter ore allemaal. En dan krijg je zorgen en twijfels, en een nog grotere pesthekel aan jezelf dan je al had. *Als ik dat allemaal gezegd heb, dan heb ik dat allemaal óók bedacht.* Uit welk kokend, borrelend gifvat komen zulke dingen tevoorschijn?

Ik weet het niet, en ik ben blij dat ik het niet weet. En ik wil het niet weten ook. Yan wil het ook niet weten. Berend weet het allemáál nog, maar hij vertelt het me niet. Ik maak mezelf maar wijs dat alles de schuld is van E.T. Zo heb ik toch nog eens een heel klein voordeeltje van E.T. Maar het neemt de twijfels niet weg.

Gelukkig hebben we er later met zijn allen op mijn kamer nog wel een lacherig gesprek over gevoerd, dat de kou voor het (bijna?) laatste snippertje uit de lucht haalt. Elleboogstotend wordt het een en ander geciteerd. Ik schaam me voornamelijk dood. Schamen, dat kan ik het beste van alles. Ik kan promoveren op schaamte.

Later bied ik ook nog eens het halve personeelsbestand mijn excuses aan wegens mijn gedrag en voor alles wat ik gezegd heb. Ook de man die de wc's schoonmaakt. Ook de nachtzuster die ik keihard in haar borst geknepen heb, waarop zij grauwde, met mijn vaders strengste stem: Márrrrrtine! Want ik deed haar geloof ik best pijn.

Alleen als ik me excuseer bij de nachtbroeder doet die alsof hij doof is, alsof ik maar wat zeg. Terwijl ik zeker weet dat ik hem op mijn kamer heb gehad. 'Nee hoor, niks van gemerkt, mevrouw. Wat zei u dan?'

Dan moet het wel onuitsprekelijk geweest zijn.

Ik kan hem wel vermorzelen. Ik wil dat hij zegt dat het niet geeft, dat hij niet boos is. Zo wordt het nog erger.

Er is tijdens mijn verblijf nauwelijks nog over gepraat. Alleen Yan en Berend waren er echt heel dichtbij, en soms een deel van de verpleging dat het ongeluk had in mijn buurt te zijn.

Verder aanvaardt iedereen gracieus mijn excuses.

MINION

Ik lig elke avond in bed naar de televisie te kijken, zolang het hypermoderne design-apparaat boven mijn bed niet doet alsof het witheet in brand gaat gloeien. Toen de angst voor de waan voorbij was ('ga heen, waan!') pakte ik de afstandsbediening en liet die meteen uit mijn handen vallen. Ik reikte naar de grond, maar voelde niks. Ik moest hem hebben, ik wou televisiekijken, en er was niet bij te komen. De gedachte geen tv te kunnen kijken is onverdraaglijk. Straks snap ik helemaal niets meer, dacht ik, dan is het voor alles te laat. Ik *moet* de afstandsbediening hebben. Hij lag tussen het bed en de muur, waar ik er niet bij kon. Maar er was niemand bij me en ik durf niet op de alarmknop te drukken. Ik weet niet eens waar die zit.

Ik gleed voorzichtig uit bed, en zat ten slotte op mijn knieën op de grond, op het koude zeil dat tot aan de plint doorliep. Ik reikte en reikte, ik zag de afstandsbediening liggen bij de muur. Dat ik vanuit mijn bed aan de draad had kunnen trekken, komt niet in me op. Ten slotte lag ik half onder het bed, plat op mijn buik, in het stof. Ik weet nog dat ik dacht: gadverdamme, wat stoffig is het hier. Daar lag het vermaledijde ding, tussen de stofpluizen. Ik kwam er niet bij. Maar ik kwam er ook niet meer vandaan.

Ik dacht: wat een kul. Ik sta gewoon op. Ik weet hoe het moet. Je zet je voeten stevig neer en je drukt je een beetje op en dan sta je.

Maar ik was volkomen kwijt hoe dat in zijn werk ging, opstaan. En mijn lichaam was het ook vergeten.

Voor de eerste keer diende zich een vaag besef van iets onomkeerbaars aan. Gisteren nog was ik een vrolijke vrouw die er geen moeite mee had om de hele dag op haar knieën in de aarde te wroeten, soepel overeind te komen en eens lekker het applaus in ontvangst te nemen voor haar prachtige tuin, haar jeugdige verschijning, en voor de geinige presentatie van *Heel Holland Bakt* die zoveel verraste complimentjes opleverde. Die vrouw was opeens weg, die had haar biezen gepakt, die was vertrokken uit mij. Het was een kort besefje, dat voorbijflitste als de lamp van de vuurtoren. Toen was het weg.

Later heb ik het nog lange tijd meesterlijk voor mezelf weten te ontkennen, maar intussen zat ik daar toch volkomen onverwacht in het stof verbijsterd te wezen.

Ik kon mezelf niet aan het bed optrekken, waar ik op gerekend had. Ik trok integendeel de sprei van het bed. Mijn nagels scheurden. Ik kreeg zere knieën. Als een kreeft krabbelde ik over het zeil. Ik dacht: er komt niemand meer. Hoe kom ik ooit mijn bed weer in? Alles aan mij ging trillen van vermoeidheid.

Ik bleef maar zitten en ik wachtte. Ik dacht: straks komt de broeder en wat zal die kwaad zijn. Ik weet zeker dat de nachtbroeder een hekel aan me heeft. Het is waarschijnlijk onzin. De nachtwaker zit lekker te nachtwaken, hij doet me niks. Ik denk gewoon alleen dat hij me niet mag. Als ik hem zie doe ik van de schrik meteen onaangenaam tegen hem. En zo hebben we de zieke cirkel rond.

Maar gelukkig kwam zuster Liesbeth langs op haar controlerondje. Ik was blij dat zij het was. Ze nam de situatie in zich op en en zei precies wat ze zeggen moest, met haar scheve lachje. 'Zo? Waar was de reis naartoe?' Toen stak ze kordaat haar armen onder mijn oksels, hees me op of ik minder dan een veertje woog, zette me op bed en pakte de afstandsbediening onder het bed vandaan. 'Gadverdamme, wat stoffig is het hier,' zei ze. 'Ga maar lekker kijken. Maar nou niet zo raar meer doen, hoor.'

Het werd nu weleens tijd voor een cameraatje, vond het verplegend personeel in vereniging. Ik mocht mijn pas geopereerde heup absoluut niet belasten, en ze kunnen niet de hele dag naast je in bed komen liggen. Ze deden het me nog niet aan om zo'n gevangenishek om mijn bed heen te zetten, want het schijnt dat ik daar meerdere keren panisch op gereageerd had. Dus liever maar even wachten met dat hek, een cameraatje kon mij prima in de gaten houden. Ze vroegen beleefd om toestemming, want je mag de mensen niet zomaar door een cameraatje gaan bekijken schijnt het. Ik zette mijn handtekening. Ik zet overal een handtekening onder. Ik ben zelfs *blij* met de controle. Ik zou het liefste willen wonen in een klein leeg wit kamertje, waar ik helemaal niks fout kan doen. Ik had E.T. al in mijn kop, een spion op het nachtkastje kon er echt nog wel bij. Gráág zelfs.

Nu verscheen naast mijn bed een aanbiddelijk eenogig robotje, een Minion-achtige uit de animatiefilm, klikkend en draaiend op zijn ronde onderstelletje, dat hem een koddige uitstraling verleende. Hoera! Verschrikkelijke Ikke was meteen vertederd.

De Minion hield van mij. Als ik bewoog, ging hij me zoeken met zijn bolle Eenoog. Ik vond hem gezellig, zo tussen al die achterbakse lichtknopjes en kwaaie kerels op de trap.

Klik klik. Prrrr. Waar is ze? Wat doet ze?

De Minion staat paraat!

Kort daarna verscheen dan de nachtzuster, of de broeder.

Ik had een nieuwe vriend in een boze wereld.

OORLOG

In de praktijkruimte van de therapeute doe ik een oefening voor de hand-oog-coördinatie. De *hand-oog-coördinatie!* Alleen het woord al maakt me gek van geldingsdrang. Deze oefeningen doe ik vaker, die zijn er in allerlei vormen en op allerlei manieren. Deze is met twee balletjes. Simpel. Muur/hand en hand/muur. Ze mogen tussendoor stuiteren. Het is het allermakkelijkste wat je doen kan. Maar ik kan het niet. Niet eens twee keer stuiteren. Na een hoop geknoei zonder resultaat houden we ermee op.

'Niks hoeft,' zegt de therapeute. 'Volgende week proberen we het nog wel een keer. En nou niet thuis in je eentje doorgaan, want dan maak je jezelf gek. Dat mag niet, ik verbied het je. Het komt heus wel goed, de volgende keer of de keer daarop. Het is echt helemaal niet belangrijk. Je probeert het alleen hier. En alleen als je zin hebt. Je moet het leuk vinden.'

Maar ja.

Ik heb thuis een paar van die balletjes. Die heb ik ooit gewoon een keer mee naar huis genomen van de les, zomaar. Meteen als ik thuiskom, haal ik de onschuldige oefenballetjes voor de dag, die nooit iets voor me betekend hebben. Ik ga in de gang staan en gooi de twee balletjes tegen de muurtegeltjes. Berend is niet thuis. Ik hoop dat hij voorlopig niet thuiskomt. Ik ga door. Ik mag het niet doen. Ik zal erin stikken. Maar het moet. Ik verdrink. Ik doe mijn mond open en adem gewoon het water in. Na een halfuur ben ik ongeveer honderd keer verzopen. Toch nog een uurtje doorgaan. Tot ik bijna stik in mijn eigen zweet. Uitgeput en totaal verward ga ik naar bed. E.T. is woedend.

De volgende dag oefen ik niet. Twee dagen later weer wél.

Berend is niet thuis. Ik pak de balletjes en ga ermee aan de slag. Ik vind het nu van levensbelang dat het me lukt. Een mens krijgt niets cadeau in mijn onbeschrijfelijke universum. Ik weet wat me gezegd is, maar ik kan er niet mee ophouden. Mijn hoofd suist, ik hijg met een kurkdroge mond, mijn keel is een leren lap. Ik moet stoppen, ik kan bijna geen adem meer halen.

E.T. heft zijn kop en kijkt gespannen toe van achter mijn ogen. Maar ik mag niet stoppen voor ik de oefening twee keer goed heb uitgevoerd. Van wie niet? Van mij niet. Het duurt wel een kwartier, dan heb ik eindelijk twee keer een balletje opgegooid en met de andere hand uit de lucht gepakt.

Zo. Gewonnen!

'Oké,' zegt E.T. 'Oorlog.'

Hij wacht niet lang met de aanval, de achterbakse smiecht. Ik ben in de tussentijd trots en blij en optimistisch. Ik heb gewonnen. Ik maak plannen, ik ruim de rommel op, ik kook waarachtig een potje, ik ben op weg om beter te worden. Moe en tevreden val ik in slaap die nacht. Ik slaap lekker. Alles komt goed.

Maar bij Albert Heijn denk ik dat er klanten naar me kijken en denken: och jee. Ik zie het aan ze. Het is mijn eigen schuld, ik sleur mezelf al jaren met me mee. Ook mijn angst en schaamte om niks. Mijn perfectionistenhart maakt dat ik van gat in gat val.

Ik moet het toch echt nog één keer proberen. Het moet drie keer lukken, drie keertjes maar. Meer vraag ik niet. Als het me drie keer lukt komt alles in orde met mijn leven.

Twee dagen later, als Berend elders een afspraak heeft, zie ik mijn kans schoon. Ik kan gaan oefenen zolang ik wil. Ik ga door en door en door, ik kan niet ophouden. Het kan me niet schelen, het moet lukken. Ik verdrink in mijn eigen onstuitbare angst en ambitie, tot ik opnieuw bijna stik. Ik begrijp niets van wat ik sta te doen. Ik moet nog één keer. E.T. krijst van woede. Het gaat fout, ik voel hoe fout het gaat. En toch kan ik niet stoppen. Ik ben niet goed bij mijn hoofd.

Ik val uitgeput en verward in bed.

De volgende morgen vroeg buldert in de verte het geschut. Berend naast mij doet een oog op een kier, om even te zien hoe de vlag erbij hangt bij de vrouw van wie hij houdt.

Een zwarte deken vol as daalt op me neer.

Ik kan niks.

PRIKKELS

Alles wordt dubbel zo erg na een hersenbloeding. Ook je eigen afwijkingen. Ik wil mooi op tempo spreken tegen mensen die me allervriendelijkst aankijken. Maar ook weer niet té vriendelijk, dan ben ik weer zielig. Het is nooit goed.

Ik sta te etteren in de supermarkt. Een grote winkel, waar ik na de hersenbloeding nog niet eerder geweest ben. Ik sta moeizaam adem te halen voor de plank met Mondwater en Tandpasta, nadat ik aan wel zeven mensen gevraagd heb of zij misschien ook weten waar de tandpasta staat. Ik durf niet te zeggen: Kunt u mij even helpen met kiezen, want ik heb hersenletsel en dat zie je verder nergens aan. 'Ze zien het ook niet,' zei mijn vriendin laatst. 'En als ze het wél zien, dan letten ze er niet op. Mensen letten gewoon alleen op zichzelf.'

Ik denk in mijn hart dat je het wél ziet en word daar idioot onzeker van. Geen idee wat ik nu verder moet doen. Ik raak enorm in de war. Het hersendeeltje keuzes maken is bij mij niet heel gebleven, voor zover het al wat voorstelde. De planning wil ook niet. Die twee woorden schieten maar in mijn kop heen en weer. Na een schaamtevolle eeuwigheid zoeken en pakken en terugleggen en alles kwijtmaken heb ik een tube tandpasta van een mij totaal onbekend merk in mijn hand, dat ik helemaal niet wil. Kan mij niet bommen. Al zou dat spul mijn gebit vergruizen, ik moet hier weg. Ik neem wat ik in mijn hand heb. Zometeen ben ik een lastig oud wijf dat de hele boel ophoudt.

Nu sta ik al een tijdje bij de kassa. Voor mijn gevoel staat iedereen vingerknippend op mij te wachten. De klanten staan in lange rijen, met overvolle loodzware mandjes. Ik begin te stotteren en nog meer tijd te nemen.

Om me heen bespeur ik irritatie en medelijden. Nou ja, ik dénk dat het er is. Ik weet intussen dat ik een pracht van een voorstellingsvermogen heb. Ja, ik kan het wel vertellen. Irritatie en medelijden, en de combinatie is dodelijk voor mijn ring van zelfvertrouwen. Ik schuif de tube naar het kassameisje toe, ze kijkt mij blanco aan. Goddank, dat meisje kijkt mij blanco aan. Dat is wat kassameisjes doen. Zo moet het. De klanten lief en blanco aankijken. Ik haal mijn betaalkaart tevoorschijn.

Maar dan komt een aardige mollige vrouw van mijn leeftijd aangesneld en die vrouw gaat mij uitleggen aan het kassameisje. Nee, het kassameisje is niet van mijn leeftijd.

'Aaah! Je bent er weer!' Ik krimp.

'Dat is Martine!' jubelt de aardige vrouw tegen het kassameisje. 'Dat is Martine! Weet je niet? Martine is er weer! Hoe gaat het met je?'

'Goed,' zeg ik.

'Groente van Hak!' zegt de aardige vrouw tegen het kassameisje.

Het meisje is jong. En knap. En heeft geen idee.

'*Heel Holland Bakt*!'

Het laatste redmiddel. Het laatste wat ik gedaan heb voor mijn hersenbloeding. De vrouw wil zo graag dat het kassameisje mij herkent. Ze wil dat voor mij. Ik zei het al, het is een lieverd. Ze doet het voor mij. Haar stem wordt iets harder. 'Martine *Bijl*!' dringt de vrouw aan. Het kassameisje kijkt verwilderd om zich heen, alsof de oplossing tussen de condooms en de pleisters te vinden is. 'Ik kijk nooit televisie,' zegt ze. Ze vindt het waarschijnlijk oprecht vervelend voor mij dat ze mij niet herkent, van wat dan ook. Ze had het graag gedaan, om er vanaf te wezen.

Ik zie op de kassa het bedrag. En of ik een Bonuskaart heb. Ik ga nu fout ademhalen en stotteren dat ik eraan kom, maar mijn betaalkaart is opgegeten door mijn portemonneetje. Ik mag nog blij zijn dat ik de pincode niet met luide stem opzeg. Ik wil zo graag dat ze niks aan me zien. En als ze het niet zien, ben ik dáár weer kwaad om. En nou moet het klaar zijn met zeuren! Ik moet gewoon iets vrolijks en vriendelijks zeggen. Maar ik grabbel vergeefs rond in mijn lege brein, op zoek naar woorden. Heb ik dan ook nog afasie? Het zal toch niet? Dan ben ik echt héél erg zielig.

NEUROLOOG

Van iedere patiënt die in het ziekenhuis binnengebracht wordt met een hersenbloeding, wordt meteen het rijbewijs ingenomen. Als je eraan toe bent mag je opnieuw afrijden. Je wordt eerst getest door een onafhankelijke neuroloog, die bekijkt of alles nog werkt. Hamertje op de knie, kijk es links, kijk es rechts. Dan afrijden bij een meneer van het CBR. En als je slaagt, maken ze je rijbewijs weer geldig. Kost wel geld. Zo gaat het. Ik wist dat niet, ik wist van niks. Je krijgt niet elke dag een hersenbloeding.

In het revalidatiecentrum werd zeer geregeld een 'teambespreking' gehouden. Daar was iedereen aardig en belangstellend. Daar dronken we koffie en vulden we formulieren in. Dat was wat we daar deden.

Ik werkte graag mee. Ik ben volgzaam en opgewekt, ik wil graag een modelpatiënt zijn. Maar ik weet intussen wel zeker dat ik toe ben aan mijn autootje. Ik wil mijn rijbewijs terug. Dus zeg ik bij elke bespreking dat ik graag een gesprek met een neuroloog wil, al weet ik verder niet wat de procedures zijn.

En prijs de Heer! Op een dag wordt mij verteld dat de afspraak met de neuroloog gemaakt is! Ik dacht: daar komt mijn auto. Mijn leven kan opnieuw beginnen. Het duurde nog maanden, ik sliep al weer thuis zelfs, maar op een stralende zomerdag in juni was het zover. Ik moest voor mijn keuringsafspraak naar een Groot Ziekenhuis.

Ik ben altijd doodzenuwachtig in enorme reuzenziekenhuizen vol met richtingaanwijzers en logische verwijzingsborden die er bij mijn hersens niet meer in gaan. Nooit kan ik de weg vinden. Ik zet al bij de draaideur mijn smeekgezicht op, in de hoop dat ze me niet metéén doodslaan. Maar vandaag ben ik niet bang. Ik heb Berend bij me. Ik heb zo lang gewacht op deze afspraak, nu gaat het beginnen! Ik ben blij en vol vertrouwen.

Daar komt hij aangestapt, de neuroloog. Ik ken hem niet, ik zie dat hij het moet zijn. Wat straalt hij kek en vrolijk uit! Gezet, lollig rood haar, frisse witte jas, blinkend gepoetste rode wangen met van die adertjes. Zijn vel zit strak om hem heen. Ik ben meteen dol op hem. Ik ben altijd meteen dol op wie bereid is mij zonder knorren te helpen. Hij neemt ons mee naar een verder volkomen lege kamer en zegt opgewekt: 'Zo. Om te beginnen moet u begrijpen dat u met *keihard doorzetten* niet zoveel verder meer zal komen. U kunt nog wat aan uzelf gaan werken, héél voorzichtig en héél goed voorbereid. Maar u weet het verder zeker?'

Wat moet ik verder zeker weten? Ja, ik weet het verder zeker.

'Wilt u het wel?'

Tuurlijk wil ik dat!

En toen ging de opgewekte neuroloog niet: met mij

praten. Niet: ergens in knijpen. Niet: mij nog een vraag stellen. Niet: met een hamertje op mij kloppen.

Hij zet zijn laptop handenwrijvend aan. Zonder verdere vragen of plichtplegingen gaat hij, met Berend en mij als publiek, mijn gehele eigen operatiedossier doorspitten, met alle scans en lichtbeelden erbij. Hij kijkt er zelf geloof ik ook van op, van wat er langskomt. Heb ik gezegd: ho even, dit is de bedoeling niet? Nee. Ik durf niets te zeggen. De opgewekte neuroloog praat aan één stuk door, alleen tegen zichzelf. Hij somt eigenlijk op wat hij ziet. Ik vind hem helemaal niet aardig meer.

Berend werpt mij een blik toe, en ik sein terug dat het wel oké zal zijn.

Ik kruip vol gespeelde belangstelling ongeveer *in* de computer. Ik vind het er nogal afgrijselijk uitzien allemaal, maar ik wil een goeie indruk maken. Ik zie Berend een beetje scheefzakken. Dit is allemaal niks voor hem.

Ik krijg een eindeloze serie scans van en praatjes over mijn hersens gedurende mijn eerste maand in het ziekenhuis. Eerst ziet het er nog netjes uit, voor zover mogelijk. Maar totaal onverwacht verschijnt een nieuw beeld van mijn eigen volgelopen hersenpan. Allemaal donkere vlekken. De dokter spreekt van bloed tussen de hersenvliezen. Gadverdamme.

'Kijk. Dáár hebben we de *rebleed*,' zegt de neuroloog, alsof hij dacht: komt er nog wat van? Hij begint er lekker in te komen. Ik pers er nog mijn überlollige bijdrage 'Het lijkt De Bedriegertjes wel!' uit. Maar hij lacht niet. Ik geloof dat hij het niet gepast vindt. Nou ja, had ik applaus verwacht? Ik denk het wel, zo zit ik in mekaar. Ik maak aan één stuk door flauwe grapjes. Er zijn weinig dingen die ik zo serieus neem als laten merken dat je mij niet serieus moet nemen. Dat doe ik mijn hele leven al, flauwe grapjes maken als strijdmiddel tegen de angst. Ik ben een bange aap die lacht.

Goddank eindigde de serie met foto's van later datum, die er minder angstaanjagend uitzagen. 'Toch iets verbeterd dus!' piept Berend, die de hele tijd nauwelijks heeft durven kijken. Die weet overal nog iets positiefs uit te halen. Ik weet in mijn verwarring absoluut niet wat ik doen of zeggen moet en zo staan we allemaal een beetje onhandig op.

Kom, dan gaan we maar eens naar huis. Na een oneindig lang en amicaal afscheidsceremonieel bij de deur krijg ik nog een streng woordje voor toe. Ik moet nu nóg een keer begrijpen dat ik met keihard doorzetten niet zo heel veel verder meer zal komen. Nog goeie raad ook. Dat heb ik niet gevraagd, maar een antwoord krijg ik wel. En ik was juist zo lekker keihard aan het doorzetten!

Maar nee, ik moet vanaf nu vooral aan mezelf gaan werken, zoals gezegd héél voorzichtig en héél goed voorbereid. Wie weet komt er dan nog wat vooruitgang, zo nu en dan – gedurende een paar jaar nog wel wat. Want het brein zoekt altijd weer naar een oplossing. Het brein is ergens toch een wonder, ergens. Maar wat echt niet meer *kan* werken, dat werkt niet meer. Hoe zullen we het zeggen? Dat is de essentie van letsel. Als je niet kan lopen, kan je niet opeens tóch weer lopen. Kapot is kapot, mevrouw. Dat is namelijk wat het is, een hersenletsel.

Dus mevrouw, doe uw best, zegt de dokter. En of ik verder nog vragen voor *hem* had?

Ik durf het weer niet te vragen, ik weet niet wat me mankeert. Ten slotte, als de deur al bijna dicht is, vind ik de moed om met een dun stemmetje te piepen om de autorijdbrief die ik zo diep begeer. De neuroloog glimlacht mild en zegt: Nee, hoor! Dat kan nu niet meer. En nu al helemáál niet meer, want ik heb wel anderhalf uur met u zitten praten, dus ik ben niet meer onbevooroordeeld. Hij zegt nog nét niet: maar ik vond het reuze gezellig.

Ik plof bijna, op de gang. Heb ik dáárvoor die ellendige zenuwentocht naar de buik van dit grote ziekenhuis moeten maken? Heb ik dáárvoor mijn hele uitsloversprogramma van flauwe grapjes gepresenteerd? Heb ik dáárvoor mijn hele volgelopen hersenpan moeten aanzien? Waarom prááát die man dan zo lang tegen me! Nou heb ik niks! Eerst ben ik kwaad, dan verdrietig.

Op weg naar de uitgang stel ik vast dat het natuurlijk allemaal is fout gegaan door mijn eigen schuld, omdat ik nooit duidelijk aangeef wat ik wil. Waarom doe ik dat toch steeds? Nou zal ik wel nooit weer gaan autorijden, nooit weer een beetje zelfstandig worden. En beter worden zal ik ook wel niet meer. Het komt allemaal nooit meer goed.

'Jawel, het komt wél goed,' zegt Berend.

Als ik de volgende dag het verhaal over deze treurnis gedeprimeerd aan mijn psychiater vertel, komt die onmiddellijk in actie. Ze belt rond, zorgt dat er brieven gestuurd worden aan wie brieven moeten hebben en zet de boel in elk geval in gang. Mijn man heeft haar meteen lief.

Kort daarna zit ik bij de onbevooroordeelde keuringsarts die het CBR mij aanwijst. Die is correct en zakelijk, stelt een flink aantal vragen, doet een paar testen, klopt met een hamertje op mijn knie, ik pers al mijn flauwe angstgrappen eruit, en de neuroloog zegt: Nou mevrouw Bijl, vraag die rijtest maar aan, wat mij betreft mag u zo naar huis rijden. Tien minuten later sta ik op straat, met een formulier in mijn hand, dat ik vanaf nu noem: het Formulier van de Vrijheid. Toet! Freedom!

Later zegt Berend blij tegen iedereen die vraagt hoe het met Martines gezondheid gaat: Martine is geslaagd voor haar rijbewijs!

VAN HET EEN
NAAR HET ANDER

En dan nu de depressie. Ik heb 'm gehad, daar kan ik niet over liegen. Ik kan er ook niet over schrijven. Dat durf ik niet. Erger dan een depressie kan ik persoonlijk niet bedenken. Het is geen wedstrijd natuurlijk, maar ik kan wél naar waarheid zeggen dat ik van mijn hersenbloeding regelrecht in een depressie terechtkwam, en ik heb dus het hele aanbiedingenpakket kunnen vergelijken. De depressie wint voor mij op alle fronten.

Ja, ik ben u niet. En u bent mij niet. U wilt mij ook helemaal niet zijn. Dan was u wel gek.

Mijn hele leven tot nu toe heb ik grappen gemaakt en gehoord over luie vrouwen met vet hanghaar, en never ending stories vol zelfmedelijden en even oneindige glazen sherry. Als iemand sprak met zo'n krachteloos duister toontje, dan vond ik zo iemand meteen een aanstelster. Ik dacht: Gadverdamme, hou eens op zeg. Get a life. Ja, onaardig. Onvergeeflijk ook.

Maar ik heb nooit geweten wat een depressie was. Nooit hoe angstaanjagend het is. Vooral omdat het in je kop zit. Depressiehersens zijn je allerzwartste afgrond.

Niet lang voor de hevigste uitbarsting zat ik in mijn eentje thuis op mijn terras. Je zag niks aan mij, behalve dat ik een gezicht vol gordelroos had, een ziekte die zich rond mijn rechteroog had ontwikkeld. Vraag ik nou om meer aandacht ook nog? Die hoef ik dan niet. Hoofdpijn, vieze enge bulten op mijn voorhoofd. Pijn. Of de drain aan het stukgaan is, in mijn hoofd. Of E.T. van binnenuit met naalden naar buiten steekt, de ongelooflijke droplul. Hoe dan ook, de puisten zijn er. En de pijn is er ook. Au, hoor!

Op dat terras bleef ik maar zitten tot het donker werd, ik dacht: dan hoef ik tenminste niet naar binnen. Als ik naar binnen ga moet ik ook een keer naar bed, en dan komen de gedachten weer. Dan gaat de hel weer los. En dat was ook zo.

Daar schrijf ik niet over, omdat ik bang ben dat het terugkomt. Ik vertrouw mijn hersens niet. Nooit meer, vrees ik. Het is hetzelfde als de plastic soep, het kán niet opeens weg wezen. Als je denkt: ik ben er nou goddank eens van af, komt het terug. Ik zeg alleen maar waar ik bang voor ben. Ik zou het aan iemand moeten vertellen, maar doe dat niet.

Ik schreef wel een aantal dingen op.

ZWARTE DEKEN

Soms komt er een kennis op bezoek die je bij de deur al wel dood wil trappen. Normaal kun je een smoes verzinnen, maar deze bezoeker komt altijd zo onverwacht dat ik er volkomen door verrast word.

Ik lig in bed. Ik heb tot mijn eigen verrassing een keurig dagje afgeleverd en ga zelfingenomen naar bed en slaap snel en zoetjes in. Maar aan het einde van de nacht – altijd aan het einde van de nacht – komt deze ongewenste bezoeker eens lekker naast me ploffen. Soms, als je je goed stilhoudt, gaat hij vanzelf weer weg. Maar soms ook niet. Hij schuift onaangekondigd naar binnen en pleurt zijn weekendtas in een hoek. Dan sta ik op, en de bezoeker ook. Hij loopt de hele dag met me mee en wil niet weggaan. Ik noem deze bezoeker Zwarte Deken. Nu heb ik naast E.T. ook nog Zwarte Deken. Het wordt druk in mij. Ik ben in trek.

Ik leef ver boven mijn stand. Ik heb de afgelopen jaren erg veel energie geleend bij een genadeloze bank. Ik ga namelijk gewoon met de mensen om. Ik zorg dat ze niks aan me merken. Ik praat en lach. Ik ontvang visite. Ik klets praatjes bij de koffie. Het kost wat, om de energie daarvoor op te brengen. Iedereen zegt dat ik er goed uitzie en zo goed praat. De kassa rinkelt en rinkelt. Nu moet ik terugbetalen. De rente is onredelijk hoog, vind ik; het kost bergen hoop en zelfvertrouwen. Ik moet alles afgeven bij het loket. Ik ben bijna blut.

En het leven is zo onvoorspelbaar: je hebt ook nooit zekerheid vandaag de dag! Had de dokter nou gezegd: Hoor eens, vanaf nu krijgt u drie gitzwarte dagen per week en twee betere, dan had ik het ervoor gedaan. Met tegenzin, maar toch. Maar ik wil dan wél weten wanneer! En van hoe laat tot hoe laat. Ik wil het *precies* weten, dan kan ik er rekening mee houden! Dan kan ik op tijd in een hoek gaan liggen mokken.

Trouwens, ik lieg dit. Elke letter van wat ik hier zeg is gelogen. Een halfuur kan ik al niet verdragen. Ik kijk er zelf van op. Maar alles komt altijd onverwacht in het leven. Ja, dat is het noodlot, daar krijgt iedereen mee te maken. Toeval. Men doet maar. Soms word ik even wakker na dik tevreden ingeslapen te zijn, en dan hangt Zwarte Deken al aanstellerig in een hoekje te trillen om zich pathetisch over mij heen te gooien. Ik haat hem diep.

Nu hou ik elke visite weg. Ik bouw geen muur, ik bén de muur. Ik ben enorm sneu. Wat doe ik toch? Ik knip handenvol sneeuwklokjes uit het gras, de meeste steeltjes knak ik. Ik wil ze niet knakken, het gebeurt gewoon. Ik zet alles binnen in mijn antieke Italiaanse vaasjes, en ik vind er geen reet aan. Ik vind nergens een reet aan. Ik knak de steeltjes. Ze hebben tegen mij gezegd: leer dit aanvaarden, dat dit je leven wordt. Elke dag denk ik: ik ga ertegenaan, en doe de leuke dingen die ik me tijdens het ochtendlijk tobben heb voorgenomen. Daar moet ik toch blij van worden? Die vaasjes hebben niks gedaan. Ik ben een waardeloos wijf. Ik kan niks. Ik knijp het dunste, mooiste vaasje stuk. Niemand heeft wat aan mij. Ik wek ergernis.

Daar komt Zwarte Deken op me af zeilen, als een trage rog in volle zee. Als hij over me heen gaat liggen, ben ik nauwelijks meer aanspreekbaar. Ik voel zijn gewicht letterlijk drukken, zoals ik hem ook letterlijk weer omhoog zie stijgen en wegwaaien, als hij van me af gaat. Dan ben ik diep dankbaar dat het klaar mag zijn. In de tussentijd ben ik bang voor alles, ik begrijp niets van wat iemand zegt, ben cynisch en bitter en jankerig en volkomen egocentrisch, wil mijn bed nooit meer uit, voel me ernstig bedreigd, vergeet alles wat ik kort geleden nog met moeite bijgeleerd heb, kan niet meer denken en niet blij meer wezen.

Ik ben helemaal niet leuk en aardig meer. Die hersenbloeding heeft wat vrienden meegenomen, maar Zwarte Deken is wel de gemeenste. Die komt echt uit de onderwereld. Soms durf ik in de ochtend nauwelijks adem te halen. Maar Zwarte Deken gaat toch eens lekker over je heen liggen, als hij daar zin in heeft. Ik ben net zo erg als hij, trouwens, ik doe ook waar ik zin in heb, zonder aan een ander te denken. Tegen Berend praat ik maar door en door. We zitten aan de keukentafel. Ik put hem helemaal uit. Ik spreek hem aan één stuk door tegen. Soms zie ik hem volschieten. Eén keer zie ik dat hij zijn hoofd op tafel legt, op zijn handen. Ik heb meteen weer spijt. 'Berend,' zeg ik, 'als we nou afspreken om één week...' 'Misschien kunnen we eens beginnen met een úúr,' zegt Berend vermoeid. Ik praat maar door en door. Ja maar, ja maar.

Ik ga schrijven en kan niet ophouden. Het is niks. Wat ik schrijf is niks. Ik raak in de war, ik weet dat ik na een halfuur eens even om het huis heen moet lopen, omdat ik anders zo manisch word. Ik zet de timer op mijn telefoon, want ik mag niet langer aan de computer dan een halfuur. Als het alarm gaat zet ik het niet eens uit, dwars door de herrie heen ga ik door met wat ik deed en ik kan er niet mee ophouden. Ik ben zo bang van wat ik aan het doen ben, dat ik er volkomen egocentrisch van word.

Maar Zwarte Deken gaat ook weer een keer weg, als hij zin heeft.

In elk geval hou ik hem niet tegen, gaand of komend. Ik ben in de tuin en ik word er niet vrolijk van. Soms kan niks mij vrolijk maken. Als Zwarte Deken aandacht wil, vind ik nergens meer wat aan.

Maar ik heb dan ook afscheid genomen van mijn verzameling reddingsboeien. Ik had er heel wat. Ik ben ze bijna allemaal kwijt. Wat heb ik te doen met mezelf. Ik presenteerde een lief tv-programma waar alle medewerkers even aardig voor me waren. Het veiligste gevoel dat ik kende. Ik doe het weg. Ik kan het niet meer.

Wat ik wél goed kan is iemand nadoen die weet hoe hij leven moet, en dat helpt vaak een hele poos. Niks aan de hand. Alles kits, en gezellig. Voor mezelf ook. De omgeving kijkt er zelfs van op hoe goed het met me gaat. Maar om de hoek schraapt het circuspaard Depressie zijn gespleten hoef over de stenen.

Ook de tuin, dat mag ik niet meer, volgens mezelf. Dat kan ik niet meer. Tv ook niet. Ik zou voor gek staan van angst en stress.

In de tuin groeit en groeit het onkruid. Ik haat het onkruid.

Nou ja, als je het goed beschouwt was ik altijd al als een gekkin bezig in mijn eigen tuin. Elke dag, bijna de hele dag. Berend heeft eindelijk erkend dat hij dat in die tijd soms wel behoorlijk ongezellig vond. Ik stond vooral te werken op verborgen verre plekken, plaatsen die je vanuit huis niet eens zien kon. Helemaal achterin, achter een dikke boom, waar een klimop tegenaan woekert, daar moet die klimop weg, dan mag ik pas vooraan. Berend zegt: Doe toch een stukje dat je *ziet*. Dat was vóór mijn hersenbloeding. Nu na de hersenbloeding kom ik op die verre plek niet meer, dat zou dom zijn, want dan flikker ik in de sloot.

Tijd voor Oudere-heer-met-knipschaartje-en-blijelach, zoals al veel eerder in het Beroerteboekje gezien. Ik ben niet flink zoals hij, ik ben nog steeds ontevreden. Ik begin eindelijk te beseffen dat je hard moet werken om de Staat van Aanvaarding te bereiken. Maar ik ben er nog niet aan toe. En als ik bedenk dat het wel zal moeten, komt Zwarte Deken hier met zijn kont schudden en draait rond en rond, terwijl ik mezelf de grond in spiraal.

Ik dwaal door de tuin en kijk de knoppen open. De knoppen *zijn* al open. Ik zie ze niet. Mij kan het helemaal niet schelen. Ik ben wel de láátste wie iets kan schelen.

Op de grond zit een roodborstje pienter naar me te kijken. Donder toch op met je sneeuwklokjes. Als dat vogeltje tegen me aan zou vliegen zou het meteen dood neervallen, zo koud ben ik. Het regent en regent. In de boomgaard staan plassen. De boompjes staan hier allemaal langzaam te verdrinken.

De weg naar de depressie toe duurde en duurde maar. Helemaal in je eentje leg je die weg af. Het laatste stuk van de weg (dat stuk waarin je brein explodeert en zichzelf Depressie durft te noemen) kan ik niet beschrijven, ik wil het niet eens proberen. Jawel, ik heb het geprobeerd. En toen ik het had opgeschreven heb ik het weggegooid. Het deed me nog pijn ook. Ik had opgeschreven hoe het was, hoe ík was, hoe ik maand na maand tegen iedereen gezwegen heb, terwijl ik toch wel degelijk geluid gaf. Ik had met niemand nog enig contact, al waren er vaak genoeg mensen in mijn omgeving. Ik babbelde mijn babbeltjes gewoon mee en iedereen zei: Wat zie jij er goed uit! Het gaat zeker veel beter met je! Onderwijl dacht ik onuitwisbare gruwelgedachten, die me gek van angst maakten. Dat hele stuk laat ik gewoon weg. Mag ik? Ik moet.

Ik wil nu alleen schrijven over een paar inwoners van 't streekziekenhuis, die ik heb leren kennen en in mijn hart heb gesloten. Wat ik schrijf, is alleen wat ik zelf verdragen kan. Verhaaltjes. Waar de weg begon, weet ik niet. De reis eindigde met een bezoek aan de huisarts, voorgeschreven bezoek aan het Crisiscentrum en opname in 't streekziekenhuis. Waarom daar? Ja, daar was plaats. Nu kan ik wéér zeggen: toeval. In dat ziekenhuis was plaats.

Je hebt daar een afdeling waarvan alle ramen en deuren geregeld op slot klikken. In die vesting mocht ik naar binnen.

Klik, zei de deur.

Ik weet zeker dat ik gek word.
Nee, dat is in de war.
Nee, dat zijn angsten.
Nee, dat is je verstoorde balans.
Nee, dat is de leeftijd.
Gek is lastig.

'T STREEKZIEKENHUIS

HUILBUI

De eerste tijd in ’t streekziekenhuis was ik bang. Ik vond het er griezelig, ik hoorde zoveel om me heen. Ik voelde me opgesloten tussen vreemden uit een andere wereld.

Ik ben hier diep ongelukkig. Ik durf niet weg te gaan en ik durf niet te blijven. Ik puzzel manisch, uur na uur, het is een Walt Disneypuzzel met Winnie de Poeh van 54 puzzelstukjes. Vierenvijftig. Lulliger kan niet. Ik moet de Winnie van Walt Disney ook al helemaal niet, ik wil alleen de Engelse illustraties van Ernest Shepard. Nu heb ik die dikke gele mosterd-Poeh met zijn domme kop. Ook dat nog. De narigheid kent geen grens. Wat verbeeld ik me in godsnaam? Maar ik *moet* de puzzel af krijgen. Ik kan niet stoppen voor hij klaar is. Het duurt drie uur voor ik het opgeef.

Het wordt me duidelijk dat de eerste weken bestemd zijn voor de zogenaamde intake. Alles wat ze in huis hebben moet ik langs. Moet ik overal heen? Ja, ik moet overal heen. Al meteen weiger ik het ochtendgesprek te bezoeken. Daar moet je namelijk iets zeggen over hoe het met je gaat. Dat gaat ze geen reet aan, hoe het met mij gaat.

De dagen worden verder gevuld met allerlei bezigheden, en uit de resultaten maken ze dan iets op. Ik doe mee met de ochtendgymnastiek. Ik ben helemaal stijf, ik kan me nauwelijks bewegen. We moeten rondstappen op pittige wijze, ondersteund door salsamuziek. Ik vind het weerzinwekkend en grappig tegelijk. Maar vandaag de dag nog steeds is de opname die ik destijds met mijn telefoontje maakte van de ochtendgym in de vroege morgen na het opstaan mijn steun bij het doorgaan met leven.

De volgende dag een uur beweging, iets wat ze Sport en Spel noemen. Sport en spel! Het lijkt het Derde Rijk wel. We moeten gekleurde ringen over stokken gooien. De therapeute wil er wedstrijdgevoel bij creëren en noteert de resultaten met wit krijt op een schoolbordzwarte deur. Ze geeft iedereen oprechte, luide complimenten.

Ik vind het gruwelijk kinderachtig en ik wil er niks mee te maken hebben. Daar ben ik toch véél te goed voor? Ik kan toch wel met een ringetje gooien? Maar als ik aan de beurt ben kan ik helemaal niets. Ik krijg geen ring over een stok, al is de afstand nog zo gering. Niks hoeft, alleen maar even proberen, zegt de therapeute met een blije stem. Ten slotte leg ik de ringen maar gewoon zo'n beetje over de stokken.

'Ik kan echt niks,' zeg ik hees. Het depressiestemmetje, dat ik zelf zo haat. En je mag zulke dingen niet zeggen in deze omgeving, je mag jezelf niet afwijzen. Jezelf afwijzen, dat is de bedoeling niet. Maar ik wijs mezelf niet af, ik stel vast dat ik vroeger alles kon en nu niets meer. Ik stel het vast, meer niet. We gaan door, het wordt steeds simpeler. Maar zelfs het simpelste kan ik niet, begrijp ik niet. Ik weet zeker dat ik hier niet binnengelaten zal worden. Het is net of ik naar een baantje solliciteer, zonder ook maar een sprankje talent te hebben.

Een andere keer is voor de muziekles. Er zijn buiten de therapeute vier deelnemers in het zaaltje. Een piano, een blokfluit, een gitaar, en allerlei bongo's en Orffachtige en nog veel meer. De jonge vrouw die daar lesgeeft stort zich met hart en ziel op haar werk. Ze kent mijn naam niet, en ze kent mij niet. Het zou ook wel vreemd zijn als dat zo was. Ik moet in haar ogen oud zijn. Ik mag een instrument uitkiezen en ermee doen wat ik zelf wil. Ik weet niks. Ik pak de gitaar, vroeger kon ik goed gitaarspelen. 'Het geeft niet wat je doet, alles is goed,' zegt de jonge vrouw. 'Je voelt wel iets. Doe gewoon maar wat je voelt.' Ik voel niks. Schroem, doe ik op de gitaar. Schroem. Ik voel niets, alleen schaamte en boosheid.

Anderen doen wél wat. Ze piepen op fluiten, hummen en neuriën, vegen op tomtommetjes, zingen zelfbedachte mantra's. Ik schroem hetzelfde non-akkoord twintig keer.

'Mooi. Volg elkaar maar een beetje,' zegt de therapeute. Ten slotte zingt ze zelf een lied in het Engels, met een hoge heldere stem. Ze zingt met overgave, ik hoor dat ze het fijn vindt om te doen, terwijl ze zichzelf op de niet helemaal goed gestemde piano begeleidt. Iets van Simon en Garfunkel. Het lijkt alsof ze het eigenlijk voor zichzelf doet. Als het klaar is gaat niemand klappen. Dat lijkt me voor haar heel vervelend. Voor mij klapten de mensen vroeger altijd.

Ik vind die therapieën onzegbaar moeilijk. Niet omdat ze slecht zijn, maar ik kan ze niet verdragen. Ik kan er gewoon niet tegen dat ik het niet meer kan.

De les die mij de meeste narigheid oplevert is de creatieve les. Allemaal iets maken. De tafel is gevuld met goedwillende mannen en vrouwen, die er opgedrongen zin in hebben. We gaan met zijn allen creatief zijn, we krijgen een opdracht: de therapeute deelt papieren uit met daarop een kaal skelet van een boom. Die boom moet ingekleurd en van bladeren voorzien, met waskrijt of wat je maar wilt. Iedereen wil waskrijt. Ik wil niet, ik vind waskrijt afschuwelijk en vet en vies.

Een oudere man aan de tafel die ik het aardigst vind, wil graag een kwartier eerder weg om met zijn zuster te kunnen gaan lunchen. Zijn zuster heeft een druk leven, ze kon alleen op dit tijdstip en verder niet. Hij zegt het zodra het lesuur begint en vraagt rustig en beleefd of hij misschien een kwartiertje eerder weg mag.

Nee, dat mag hij niet, daar kunnen ze niet aan beginnen. De therapeute, nog jong, met een zichtbaar aangeleerd overwicht, zegt nee. Ik word blind van woede. Ik ga me bemoeien. Ik ga zuigen en zeuren. Ik spreek de therapeute zo veel mogelijk tegen, en daar ben ik nog trots op ook.

Het wordt pijnlijker en pijnlijker. Het is een ongemakkelijk gedraai op stoelen en in stilte met de tekenvellen schuiven. De stemming wordt bedrukt, iedereen wil gewoon aan de slag. Ik hou de hele boel op.

De oudere man zelf doet niets. Hij heeft de lunch met zijn zuster allang opgegeven. Ik ben verbitterd. Ik vind het niet eerlijk. Ik vind dat hij mij best een beetje dankbaar mag wezen voor mijn steun. Ik denk: ik kan alles beter dan die verdomde therapeute met d'r witte tanden. Ik heb mijn hele leven al mooie dingen gemaakt, ik zal d'r godverdomme eens wat laten zien. Dat is wat ik denk. De anderen zitten te zwijgen op hun stoel.

De therapeute laat de moed niet zakken. Ze doet echt haar best op mij. Ik krijg zelfs kleurpotloden van haar, omdat ik daar om vraag. Ik mag gewoon alles doen waar ik zin in heb. Ik *moet* nu iets moois maken, voel ik, iets origineels dat moet bewijzen dat ik talent heb. De therapeute kijkt, en ze geeft me een compliment. 'Wat een bijzondere bloemen!' zegt ze.

Bijzondere bloemen. Dit moet dus een *succesmomentje* zijn, ik heb het woord al vaak gehoord. Weer zo'n klotewoord. Maar ik kan het gewoon niet meer. Ik kan niks meer. En niemand vindt mij aardig omdat ik die man wou helpen, die daar ook helemaal niet op zat te wachten, trouwens. Niemand komt in opstand tegen het regime, zal ik maar zeggen. Integendeel, ze vinden mij allemaal een vervelend wijf dat de les verprutst heeft. Ze hebben natuurlijk gelijk ook. Ik wou dat ik nooit geboren was. Mijn zelfhaat zwelt mijn poriën uit.

Niemand zegt er nog iets over. Een dag later excuseer ik me in een briefje voor mijn gedrag, en dat briefje ga ik straks neerleggen bij alle therapeuten die ik beledigd moet hebben. Ik voel het als een nederlaag. Ze zeggen allemaal dat ze het best begrijpen.

Later op mijn kamer krijg ik voor het eerst in mijn leven een niet te stoppen huilbui. Er komt geen einde aan. Ik hik, ik hijg, ik moet bijna kotsen, ik maak geluiden die ik nog nooit gemaakt heb. Ik heb nog nooit zulke tranen gehuild.

Ik heb nog nooit zo afscheid genomen van mij. Het afscheid is definitief, zo voelt het. Blijkbaar is dat wat ik doen moet. Blijkbaar is dat waar ik doorheen moet.

Een aardige verpleger komt bij me zitten. Ze hebben allemaal een patiënt voor de hele dag onder hun hoede. Deze jongen komt naast me zitten, legt een arm om me heen en gebruikt alle welzijnstermen die ik haat. En hier, op de bodem van alles wat ik verdragen kan, komt hij met: 'God zij dank, je kan eindelijk bij je pijn.'

Ik moet ervan braken. Ik wil hem slaan. Ik wil zijn kop eraf schroeven. Maar de verpleger doet de kraan van medeleven wijd open, en mijn hart valt in twee stukken uit elkaar.

Ik hou nooit meer op met huilen.

Die avond besteed ik nog een halfuur aan de puzzel van de mosterd-Poeh. Dan is hij klaar. Morgen begin ik aan Pocahontas.

IN DE RIJ

Er staat 's morgens vroeg al een rij voor de huiskamerdeur. Bij de kar op de gang staat een vrolijke ontbijtkardame. Ze zet de kar neer en laat hem staan, van acht tot halfnegen, en langer ook niet. Vaste ritmes, die moeten helpen om de chaos in onze hoofden te bedwingen. De ontbijtkardame lacht een schelle lach, waarmee ze zich keihard teweerstelt tegen de treurnis in het leven hier. Denk ik. Ik plak maar weer eens ergens een etiket op. Volgens mij bedoelt ze: *Ik* ben vrolijk, nou jullie nog, we doen hier allemaal ons best.

Maar ja. Niets is fijn. Opstaan niet, blijven liggen helemáál niet. Leven is sowieso niks aan. Soms staan ze te laat met dikke ogen op de drempel van de huiskamer en krijgen dan nog wel iets te eten. Ze vallen heus niet van de graat.

Ik kom altijd op tijd. Ik wil niet één regel schenden. Ik kom braaf mijn ontbijt en mijn witte voetje halen. Ik heb grote moeite met opstaan, maar ik durf nog veel minder te blijven liggen. Elke depressielijder haat de ochtend, dan komen de gemeenste gedachten aan je deur krabben. Op zondag mag je langer blijven liggen, want dan is het zondag. Waarom? Omdat ik het zeg. Omdat het zondag is. Maar hoe langer ik in bed blijf liggen, hoe ellendiger mijn gedachten. Daar is mijn vroegere vaste rot-ochtendhumeur een carnavalsfeestje bij.

Ik eet van de ontbijtkar altijd precies hetzelfde, dat geeft een veilig gevoel. Anders wijs ik in mijn zenuwen maar in het wilde weg wat aan. Is dat erg? Ik vind het meer dan erg. Waarom? Daarom. Als ik merk dat ik mijn lijstje heb vergeten mee te nemen haast ik me terug naar mijn kamer, met plakkende wangen en een klikkende keel, want zonder mijn lijstjes ben ik niks. Binnen korte tijd kent de ontbijtkardame mijn wensen uit haar hoofd. Maar dan krijg ik weer een andere dame en raak de kluts volkomen kwijt. Ik denk dat ik langzaam krankzinnig word.

Ik hol weleens naar mijn kamer en schrijf daar alles wat ik nog weet van een informatief gesprekje in een dik schrift, maar dan vergeet ik ook weer dat ik een schrift héb. Dat levert niet echt veel op natuurlijk.

Op de computer in de pillenkamer zag ik een keer een karakterbeschrijving staan van mij. Ik gluurde, maar ik mocht van de verzorgster meteen het hele stukje lezen als ik dat wou. Ik heb het natuurlijk gelezen, maar ben het meteen daarna vergeten. Er stond in dat ik een '68-jarige vrouw met een zeer laag zelfbeeld' was. Dat is het enige dat ik ervan onthouden heb.

De maaltijd is zo voorbij. Elke maaltijd moet afgeruimd en afgewassen en tafels moeten worden schoongelapt. Er hangt een lijst met namen die *corvee* hebben die dag. Het woord doet me denken aan mijn jeugd, aan Vacantiekinderkamp De Pinksterblom. Hier is onze fiere Pinksterblom, en ik zou hem zo graag eens wezen. Met zijn mooie dingsels op zijn hoofd, en met zijn rink'lende bellen.

In het corvee heb je de preciezen en de rekkelijken. De preciezen doen hun opdracht en letten goed op of anderen dat ook doen. Sommigen vergeten het, zoals ik. Altijd. Ik schaam me elke keer als iemand zegt: Je had corvee hoor, vanochtend. Waar was je? Soms vinden ze dat fijn om zoiets te zeggen, zoals mensen het fijn kunnen vinden om een ander mens terecht te wijzen. Ik zou ook weleens iemand terecht willen wijzen, maar ik kan het niet. Ik zou de halve wereld wel terecht willen wijzen.

De wachtrij wordt altijd gesloten door een bescheiden veertiger die iedereen zwierig vóór laat gaan, zodat hij zelf altijd als laatste aan de beurt is. Hij bidt voor en na elke maaltijd, eindeloos lang en verbeten, met witte knokkels. Ik noem hem de Bidsprinkhaan als hij het niet hoort. Waar bidt hij voor? Waar bidt hij tegen? Hij vertelt niets. Wel vertelt hij dat hij bezeten is van hardrockmuziek. Sindsdien zie ik in mijn verbeelding een bidsprinkhaan die een cello keihard ranselt.

Op een zonnige ochtend heel vroeg zie ik iemand aan de balie bij de pillenkamer staan. Hij was op een kort verlofje en kon het niet zorgeloos afmaken en wil eerder terugkomen, wat hij vanzelfsprekend beschouwt als een diep falen. Hij wordt met liefde opgevangen. Hij jammert dat hij het niet begrijpt en moet onbeheerst huilen. Het is de Bidsprinkhaan, die van de knokkels. Straks begint de ochtendwandeling. Hij kan meteen mee.

Zo zitten we drie keer per dag met elkaar aan tafel. Zo rond een uur of acht brengt een vrolijke verpleegkundige nog een kan met zwarte koffie. Vanaf tien uur 's avonds staat het hele stel in de rij voor de pillen. Potverdorie, het lijkt wel een hotel!

KNUTSELKAMER

Ik zei tegen de dienstdoende verzorgster: 'Ik wil zó graag eens in mijn eentje naar beneden mogen, naar de Knutselkamer. Dat kan nou toch best? Ik kan het makkelijk vinden in mijn eentje.'

'Dat is goed,' zei de verzorgster.

Ik ging vol vertrouwen op pad en had al meteen geen idee meer van waar ik was en ik zwierf een heel eind en kwam aan de andere kant van het ziekenhuis terecht en had geen flauw vermoeden meer. Maar wat een gelukje dat ik daar een verpleegster van mijn vertrouwde eigen psychiatrische afdeling tegenkwam! Ze liep een eind achter mij, ik keek toevallig om en zag haar staan.

'Hé hallo,' zei de vrouw. 'Was je op weg naar de Knutselkamer? Zal ik meelopen? Ik moet daar toch even wezen.'

Ik kon meteen mee. En mijn zelfvertrouwen was niet in één keer vernietigd. Wat zijn die mensen goed opgeleid.

Maar uiteindelijk kon ik de Knutselkamer blind vinden. Het was voor mij een triomf dat ik toestemming kreeg om in mijn eentje daarheen te gaan, buiten de gesloten deur en een verdieping lager, waar de tafels vol stonden met fijne knutselmaterialen. De Knutselkamer werd mijn lievelingsplek. Daar zat ik toen verder elke dag tot hij dichtging. Het was er zelfs gewoon gezellig. Veel patiënten namen lekkere dingen mee, ze hadden er een goeie koffiemachine staan, en het leek soms wel een wedstrijd wie de meeste en de lekkerste koekjes bij zich had.

In de Knutselkamer werd gebabbeld bij het leven, ik heb nog steeds het idee dat daar rapporten over geschreven werden; dat genoteerd werd wat iedereen haakte of maakte, wat iedereen zei, of er veel gehuild werd en door wie en waarom dan. Ik schaamde me niet meer, voor het eerst wilde ik graag vertellen over wat ik had meegemaakt. Volgens mij komt er een dag dat je toch opeens een beetje vooruitgaat. Lang niet iedereen luisterde vol belangstelling, maar dat was niet erg. Ik kreeg een map met prenten waaruit ik kiezen mocht, en een enorme keuze aan kleurpotloden. Ten slotte nam Berend zelfs mijn eigen Wonderbaarlijke Enorme Kleurpotlodendoos van huis mee, die ik alleen maar had gekocht omdat hij zo schitterend was om naar te kijken. Meer dan kijken naar al die prachtpotloden had ik al jaren niet gedaan. Ik deed de doos alleen soms even open.

Maar in die knutselkamer was ik op mijn gemak. Ik ben die kleurdoos daar na al die jaren voor het eerst gaan gebruiken.

Een stille man zat in zijn eigen hoekje niets anders te doen dan kikkers van gips gieten en ze daarna beschilderen in Caraïbische tinten. Alle kikkers kregen een Gouden Kroon op en knalrode dikke kikkernagels in lichtgevende kleuren. Ik mocht Frans ontzettend graag. Als je langsliep en zei: 'Wat een mooie kikker, Frans!', dan had je 'm al te pakken. Hij gaf ze meteen weg. Ten slotte werd het lopendebandwerk; toen stonden de affe kikkers naast elkaar opgesteld in afwachting van een enthousiasteling die er wel een wou. Ik vroeg Frans een keer: 'Vind je 't leuk om te doen?', gewoon om eens een praatje te maken. 'Je moet toch wat,' antwoordde hij. Ik denk dat hij de kikkers zelf ook niet erg geweldig vond. Maar het was dapper dat hij ze maakte en weggaf. Ook zei hij een keer: 'Je zit hier niet voor je zweetvoeten', en daar moest ik toen erg om lachen.

En soms moest ik huilen. Dat was het eigenlijk, koekjes eten en een beetje prutsen en snotteren en vertellen wat je vertellen wou. Of niet. Het verplegend personeel was er geen voorstander van dat de patiënten elkaar echt álles uitvoerig vertelden, dat zou verwarrend kunnen zijn voor de anderen, zeiden ze. Sommige dingen kun je beter niet weten. Een patiënt die een kuur van hersenshocks kreeg, die je zo niet mag noemen, mompelde een keer: 'Ze vermoorden me hier', en daarna droomde ik de hele nacht onstuitbaar over Jack Nicholson met een ijzeren muts op. Een poosje later was hij vertrokken naar een andere instelling, hij had een kort, heel correct en prachtig geschreven afscheidsbriefje op mijn bed achtergelaten. Een mooie en gedistingeerde man, die soms zijn kamerdeur vergat te sluiten, zodat je een ogenblik zicht kreeg op dingen die je niet aangingen.

OCHTEND

Op de gang ligt een zwarte vrouw op haar zij, rustig, met opgetrokken knieën. De ontbijthalers stappen er voorzichtig langs en overheen. De verpleging is al met haar bezig. Ze zeggen vriendelijk tegen de mevrouw: 'Mogen wij u voorzichtig even omdraaien? Dan kunnen we er beter langs met de kar.' Op vriendelijke, volkomen normale toon, als om aan te geven dat er niets aan de hand is, alsof hier de hele tijd vrouwen met opgetrokken knieën in de gang liggen. Dat het leven heus gewoon doorgaat. De mevrouw blijft liggen, rustig, met de ogen dicht. Ze heeft een lelijke bril op. De dokter komt uit haar kamer gelopen.

Ik heb zelf ooit, jaren geleden, een mevrouw zien vallen in het gangpad bij de Albert Heijn. Ze gleed uit op de gladde vloer en viel en lag op haar rug met haar armen en benen te maaien, als een kever die nooit meer op kan komen. Iemand rolde haar op haar zijkant, toen maaide ze nog. Uit haar oor kwam een beetje bloed. Daarop gaf ze één lange schrille kreet, als een sirene zo hard, als een pauw klonk het. De schreeuw van een pauw is het eenzaamste, meest verontrustende geluid dat ik ken. Ik schaam me nog als ik eraan denk dat ik toen geen poot uitgestoken heb. Ik dacht: dan komt er allemaal bloed op mijn jas. Dat was behoorlijk lullig van mij. Vlak daarna kwamen er al mensen kijken en hun jas onder haar hoofd leggen als een kussentje. Ik heb toen nog weken de pest aan mezelf gehad dat ik zo laf was geweest. Maar dat was lang geleden in de supermarkt.

De zwarte vrouw in de gang ligt rustig op haar zij op het zeil. Volgens mij heeft ze geen pijn met bloed, ik zie er in elk geval niks van. Zij heeft andere pijn. In haar ziel heeft zij pijn. Iedereen wordt even weggestuurd en een hoop gedoe en gesleep met een brancard volgt. Ik vraag een poosje later aan de verpleegkundige: 'Die mevrouw van daarnet, hoe is het daarmee?'

De verpleegkundige twijfelt even over wat ze vertellen mag.

'Het is allemaal goed gekomen,' zegt ze na enige aarzeling.

'Goddank,' zeg ik.

Het erge is dat ik de vraag vooral stel omdat ik het niet fout wil doen. Is dat nou het enige waar het mij om gaat in het leven? Dat ik het niet fout wil doen?

In een ziekenhuis mág je niet zomaar even een jas onder een patiëntenhoofd neervlijen als een kussentje. Je mag niet eens echt kijken. Dat zijn gewoon de regels.

Dat komt mij dan wel weer goed uit.

ARIE

Arie is een wandelend tatoeagekunstwerk. Alles is bedekt, zijn armen, zijn kuiten. Er zitten veel bloemen bij, uitgewerkt in mooie kleuren. Vooral rond zijn ogen heeft Arie vaak blauwe plekken, dan loopt hij een tijdlang rond als een enorm bewegend Stilleven Met Korenbloemen. Arie wordt soms een beetje snel kwaad, zegt hij zelf, en dan deelt hij graag een dreun uit, maar meestal krijgt hij er ook minstens een terug. De nieuwe blauwe bloem is duidelijk te zien. Als de nieuwe bloemen rond zijn ogen vager worden en wat naar beneden zakken, weet je dat Arie geen pijn meer heeft.

’s Morgens vroeg komt hij zwijgend de huiskamer binnen. Het zwijgen is loodzwaar. Niemand kan zo zwijgen als Arie. Hij knijpt een smeerleverworstje uit in een miniseconde en plakt een kunstwerk van vier boterhammen op elkaar en vouwt dat dubbel, dat is zijn eenhapsontbijt. Het past maar net in zijn hand.

Als Arie zijn blik op je vestigt denk je: ik moet uitkijken. Dan beweegt er niks aan hem. Hij staart je aan en knippert niet. Zijn oogwit is vaak rood. Zijn irissen smeulen in zijn ogen, dat ziet er angstaanjagend uit.

We zijn met zijn vieren therapeutisch aan het 'tennissen', met ballonnen en dunne badmintonrackets die niks wegen, en we hebben enorme pret. Drie patiënten en de therapeut. We zijn met zijn vieren één, we horen bij elkaar, we lachen vaak en oprecht. Ik voel me behoorlijk op mijn gemak en zelfs wel gelukkig. Arie staat naast me en wordt meegesleept door toewijding en overwinningsdrift. Ik heb nog nooit iemand een slappe ballon zó hard over een net heen zien slaan. Eén keer slaat hij zo onbeheerst dat zijn racket hard mijn telefoonbotje raakt. 'Au! Nou doe je me pijn!' zeg ik.

Het doet ook echt pijn. De stemming is weg. De blik keert naar binnen. Arie is enorm geschrokken. En daar schrik ik dan weer van. 'Kusje d'r op?' zeg ik, en ik hou mijn elleboog omhoog. Een gouden vondst, al zeg ik het zelf; ik ben er enorm tevreden over.

Iedereen moet hard lachen. Arie ook. De rest van de wedstrijd verloopt volkomen ontspannen.

Later die middag zit ik in de Knutselkamer beneden. Ik ben als een gek aan de slag gegaan met kleurboeken. Dat schijnt modern te zijn en heel goed voor je rust vanbinnen. En dat is zo; het leidt me zo af dat ik er rustiger van word en dat ook kan toegeven. Al schaam ik me er een beetje voor. Ik begin het zelfs wel leuk te vinden.

Arie komt het lokaal binnen, ploft als een loodzware zoutzak op zijn stoel neer en vist zijn mapje kleurpotloden uit zijn tas. Arie heeft een vaste plek aan de tafel. Daar zit hij even later snuivend een ansichtkaart in te kleuren, die hij vanavond later aan zijn vrouw gaat geven. Hij kijkt me geen seconde aan. Niemand kleurt zo secuur en traag en precies als Arie.

Soms vind ik de verpleging wreed. De verpleging *is* niet wreed, Arie kan zo keihard huilen terwijl hij hees en machteloos tegenspreekt. Hij staat voor de balie. Hij wil naar huis. Met de auto. Hij mag best even naar huis, maar hij mag niet rijden. Dat mag niet. De hele afdeling davert van verdriet en verontwaardiging.

Ik wil iets tegen hem zeggen dat de pijn verzacht. Maar ik weet niks, en ik denk ook: ik kan wel een lel krijgen.

Maar als zijn vrouw 's middags binnenkomt en hem zachtmoedig meeneemt om een paar uur met hem thuis te zijn, is die vrouw zacht als een moeder, als een vriendin tegen Arie. Wie was hij ooit? Hoe was zijn leven? Wat is hij kwijt? Iedereen hier heeft een geheim. Ik verkeer in de veronderstelling dat alle patiënten hier hun eigen particuliere depressie hebben, die zich bij iedereen op een totaal andere manier uit, en ze worden allemaal op een andere manier behandeld, en allemaal lijden ze.

En ik durf niemand te vragen: Wat heb jij nou? Vertel eens? Dat mag trouwens ook helemaal niet, iedereen heeft recht op zijn eigen privacy. Maar ik vraag het soms toch, en raak van de antwoorden diep in de put. Eigen schuld.

HULPHOND

Opeens was er een hond. Ik wist van niks, deed midden in de nacht met een slaapdronken kop de verkeerde kamerdeur open en hoorde de hoge snerpende gilblaf van een hellehond. Ik wist niet hoe gauw ik weg moest komen. Het was trouwens ook geen hellehond, bleek later, maar een hulphond. Die hond hoorde bij een meisje dat die nacht gekomen was. Ik verwachtte zoiets niet. Ik meende dat het helemaal niet mócht, dieren in het ziekenhuis. 'Misschien kunnen we ook kippen gaan houden,' zei ik zuur aan de balie. 'Dan hebben we allemaal elke dag een eitje.'

Wat later liet ik me vertellen dat de hond niet was om iemand te geleiden – het meisje was niet blind – maar om haar rust te geven als ze bang of in de war was. Dan ging de hond op bed naast haar liggen, dicht tegen haar aan, om haar rustig te maken en te beschermen tegen haar nachtelijke angsten. Toen ik dat hoorde, kon ik wel huilen.

Wij gewone stervelingen mochten de hond niet aanhalen, of aaien, of tegen hem spreken, en dat vonden we niet makkelijk. Zo'n hond moet zijn plicht doen en anders niet. Daar is hij op getraind. Maar wij wilden eigenlijk allemaal die hond op schoot. Soms liepen we met het bleke meisje mee naar het bos, dat vlakbij was. Er waren er die naar dat bos mochten lopen, als er maar iemand anders meeging. De eerste keer dat ik er alleen naartoe mocht zonder begeleiding, was voor mij een triomf. Verder hoefde het toen niet meer zo voor mij. Ik vond het een beetje eng zelfs. Ik was ook trots. Ik had het gedaan.

Maar door de natuur lopen met de hond was een feest. Het viel me op dat de hond heel vaak even naar boven keek, naar het gezicht van zijn bazin. Maar aan de rand van het bos deed het meisje zijn tuig los en mocht hij even vrij. Onmiddellijk ging hij dan verwachtingsvol kwispelend op zijn rug liggen. Hij liep echt niet weg, hoor. Wij aaiden hem als bezetenen, alsof hij óók gerustgesteld moest worden, en het voelde heerlijk, alsof we allemaal doodgewoon waren. Hij voelde zacht aan en hij keek ook zacht. Wij mochten hem dan ook aankijken, en tegen hem spreken. Hij was zelfs een beetje onze hond, op zo'n moment. Zijn bazin vond het goed.

Die bazin bleek een allerliefst en mooi meisje te zijn, dat altijd iets te snel en te hoog lachte. We noemden haar Sneeuwwitje, met haar ravenzwarte haren. Ik heb haar een paar keer in de vroegste ochtendschemer zien zitten in een glazen kamertje dat het Rookhok heette, zo ver als ze kon in een hoek van het bankje geperst, met haar armen stijf om haar opgetrokken knieën. Alsof ze zich veilig voelde in dat bijna ondoorzichtige blok rook, net of ze niet bestond. Soms zat er iemand bij haar, maar ze praatten niet. Zo zit je in de allervroegste ochtendschemer in een wildvreemd hok vol rook je longen zwart te pleisteren samen met een volslagen vreemde. Sneeuwwitje in haar glazen kistje. Ik kan er nauwelijks aan denken, de treurnis is te groot.

VROUWEN

Er is een grote vrouw, die mij graag vriendelijk en geduldig met de legpuzzels helpt ('Het past natuurlijk niet, fout stukje natuurlijk, maar mag ik voor de grap deze eens proberen?'), dat is ontzettend lief vind ik. Het stukje past altijd. Maar soms is die vrouw opeens de ergste patiënt van ons beiden. Ze belt haar man, ze wil naar huis. Ze zegt dat het afgesproken is. Door hem en haar. Het blijft even stil. Legt hij uit dat ze het verkeerd ziet? Dat ze misschien morgen hadden afgesproken? Het praten verandert in beschuldigen. Kees, je liegt! Kees, je liegt! Kees, je liegt!

Ze mag de telefoon gebruiken die op de balie staat. Tranen, nieuwe beschuldigingen. Ik hoor het allemaal. Ik zie haar gezicht voortdurend van uitstraling veranderen. Soms hartverscheurend zielig. Soms staat ze me tegen. Dan heeft ze even rare tanden.

Ik blijf in de huiskamer zitten, ik ben er even niet. De begeleider van die dag neemt de telefoon over, bereikt niks. Ze neemt het niet. Ze trekt de hoorn uit zijn handen. Hij heeft het gezegd. Wel waar. Je liegt Kees! Je liegt Kees! Huilen is erg, machteloos woedend schreeuwen is erger, dat ontregelt de hele afdeling. Ik merk dat ik stilletjes partij kies voor die man, die toch al geen leven meer heeft en zijn partnerschap moet dragen.

Maar deze vrouw met haar rare tanden legt mijn puzzelstukjes voor mij altijd met aandacht, en is blij voor mij en voor zichzelf als er een goeie bij zit.

Een poosje later zie ik een groot en eenzaam vrouwenlijf op een stoeltje met een koffer bij de gesloten deur zitten. De deur is op slot, die gaat niet zomaar open. Maar aan het eind van de middag zie ik haar niet meer. Dus haar man heeft haar tóch opgehaald. Ik benijd die man niet, die gaat helemaal geen gezellig weekeinde tegemoet. Partners zijn heiligen, dat heb ik al eens eerder gezegd.

Op de afdeling loopt ook een oude lieverd rond die aan één stuk door zachtjes piept, een permanent zacht jankend hondje. Als je haar goedemorgen wenst, piept ze al. Ze vindt het fijn als je haar dan even vasthoudt. Hoeveel verdriet moet iemand hebben dat hij *altijd* huilen kan? Of is het vergelijkbaar met de betekenisloze grimas in het revalidatiecentrum? Het is alsof huilen hetzelfde voor haar is als ademhalen. Ik denk: het doet iets voor ons, niet voor haar, als we haar vasthouden.

Ze heeft haar man op bezoek, die de situatie zo te zien niet goed aankan. Ik vind hem niet zo lief voor haar. Soms kijkt hij rond, alsof hij steun zoekt bij de anderen. Dan trekt hij een kop: moet je háár nou horen. Er komt geen reactie van de anderen, we zijn hier allemáál erg in de war. Dat vergeet ik weleens.

Maar deze zelfde man zit wél elke avond samen met zijn piepende vrouw naar de tv te kijken. Er zijn twee huiskamers met elk een televisie, één waar mannen kijken naar voetbal en in de andere kan je schakelen wat je wil. Het maakt zijn vrouw niet uit waar ze zit te piepen, dus kijkt hij naar wat híj zien wil.

Ik vind hem soms hard, maar hij stelpt haar tranen elke dag uur na uur vergeefs, en ik kan zó weglopen. En dat doe ik ook vaak. Dan heb ik geen zin meer in het gepiep. Zo aardig ben ik niet.

Zo heb ik bijvoorbeeld weinig geduld met een kindvrouwtje dat diep wordt liefgehad door haar man. Ze noemt haar eigen man *mijn mannetje*, en als ze tegen mij over Berend spreekt noemt ze die *jouw mannetje*. Dat wil ik niet. Hij heet Berend.

Ze gleed een keer stil en zachtjes van de bank bij ochtendgym. Iedereen was een eeuwigheid met haar bezig, tot ze op een brancard werd weggedragen. De volgende dag kwam ze binnen met een grote rode vlek op haar wang, alsof ze heel hard gevallen was. Even dacht ik: die heeft net zolang haar wang zitten poetsen tot de huid er daar af was. Ik ken dat, ik heb het zelf als kind ook weleens gedaan. Op de lagere school. Een rotjongen had mij een klap gegeven en ik wou dat hij daarvoor ongenadig op zijn donder zou krijgen. Wraaklustig ben ik dus ook. Wat is erger: een wraaklustig kind of een kindvrouwtje?

Het kindvrouwtje lijkt redelijk tevreden over zichzelf. ('Zo ben ik nou eenmaal, ik wil voor iedereen zorgen.') Ik kan mijn kop weer niet houden. Ik zeg: Jij bent óók tevreden over jezelf, hè? Meteen vullen haar ogen zich tot de rand met tranen. Meteen spijt.

Bij de ochtendgymnastiek zie ik het kindvrouwtje en een graatmagere grote Groningse vrouw (ik noem haar Jans Pommerans, maar ze herkent de naam niet) snikkend naast elkaar draven, met drijfnatte gezichten, hand stijf in hand zonder enig contact.

CHOCOLA

Er was iets van voetbal op de televisie. Voor het eerst ben ik deze avond bij het hele minieme gezelschapje in de huiskamer gaan zitten. Wat het veroorzaakt heeft weet ik niet, maar voor het eerst voelde ik me vanavond onderdeel van de groep. Ik hoorde ergens bij en vond dat prettig. Ik haalde mijn hele verrukkelijke Tony's Chocolonely-reep uit mijn nachtkastje, mijn ultieme troosteten, en heb die helemaal in van die onmogelijke scheve stukjes gebroken en uitgedeeld. Wat een bespottelijk ontwerp is dat trouwens. Toch wou iedereen die daar zat wel een stukje aannemen, en ik beken het maar: ik was er trots op dat ze het van me wilden hebben. Ik werd er zelfs een beetje gelukkig van, zoals we daar samen zaten. Maar ik dacht er meteen achteraan: kijk uit hoor. Voor je het weet is het gebeurd. Dan zit je in een rustig hoekje in avondlicht rond de tv geschaard, samen met mensen in allerlei soorten en maten van dapperheid, moedeloosheid, verwarring en verdriet.

Een mengbeker vol: oudjes en jonkies, tevreden en ontevreden, droevig of vrolijk. En in de mengbeker zit ik, met de anderen. Ik ben één met de anderen. Met de vrouw die kan lachen als een kerel en die haar lot manmoedig accepteert. Met de somberman die nooit wat zegt, dicht langs de muren loopt en absoluut niet lastig gevallen wil worden. Dat hij een stukje van mijn chocola aanneemt maakt mij al heel blij.

Zo zitten we daar. Elektroshockers, die je zo niet noemen mag, zielige oude vrouwtjes, de cynische slimmerik, die soms ineens zo intens treurig kan kijken en dat je hem dan heel precies denkt te begrijpen. Ademende raadsels zonder oplossing, vanbinnen of vanbuiten beschadigd.

Kijk uit hoor, denk ik. Voor je het weet ga je van dat veilige gevoel houden. Dan vind je het fijn dat je erbij mag horen. Dan is het de beste plek om je leven door te komen. Dan kom je nooit meer weg.

Maar de volgende dag had ik er alweer genoeg van, en bovendien was de chocola op.

DRIBBELVROUW

Hoe ellendig ook zo'n hersenbloeding, je kunt niet zeggen dat de boel er hier niet netjes bij staat. Ja, in mijn hoofd staat heel weinig er netjes bij. In mijn hoofd gaat alles fout. Maar daarom mag het verder toch nog wel in orde zijn? Orde. Orde in de klas! Ik maak lijstjes en die maak ik dan twintig keer, net zolang tot er niet meer het geringste foutje staat – tot ik een foutje zie. Terwijl ik vroeger onder de verf en de aarde zat, zeg maar, en altijd te vies was om aan te pakken. Tuinvrouw.

Het is gewoon in mij gekomen, en het gaat ook niet weg als ik allang weer thuis ben. Wat over is van de tuin, ruim ik op in slakkentempo. Dat is vooral voor de slakken fijn. Ik leer mijn les: dat het nu eenmaal niet anders is. Nee, dat is niet waar. Nu ik toch al maanden verder ben, heb ik nog steeds mijn les niet echt geleerd. Laat ik het zo zeggen; ik *erken* mijn afwijking, maar ik *aanvaard* hem niet. Mijn lieve dappere vriend Roel, die ook een hersenbloeding gehad heeft als ik maar jaren eerder, weet wat het allemaal betekent. Als er sneeuw ligt, of het is extra koud, of als de hemel grijs kleurt, komt er een onverwachte bos bloemen voor de deur staan die roept: Niet weggaan! Kijk naar mij! Martine kijk naar mij! En onthoud wat iedereen weet: van de tien personen met een SAB, ons soort hersenbloeding, gaan er vijf al in de ziekenauto dood, drie eindigen in een rolstoel, en twee zitten later nog samen aan de keukentafel over zichzelf te praten. Dat zijn Roel en ik. Dat is het lot, het toeval. Ik had ook in een verpleeghuis kunnen liggen, of in een kist. Waarom ben ik toch niet dankbaarder?

Zondagochtend. Man en vrouw zitten samen gezellig te ontbijten. Man speelt de Engelsman, krantje erbij. Wat vredig, wat gezellig. De vrouw van man speelt de huisvrouw en serveert een gekookt eitje. Fijn hè? Dat willen alle mannen wel, zo'n vredig lekker eitje op zondag. En dan nog even dralen met een beschuitje met zelfgemaakte jam. Dat is zondag. Ik weet wat zondag is. Zondag is een witte, bewegingloze stilte.

Maar ik heb het op, en ik MOET alles NU opruimen. Dat moet van E.T., die nog steeds niet dood is. Sterf dan toch eens, verrader! Alles weer in de ijskast zetten, waar het vandaan komt. Berend verdraagt dat er nu een vrouw om hem heen dribbelt, met een vochtig lapje. Om alles af te nemen.

Meteen hierna komt ze met een gierende kruimeldief en een kledingborstel. Elk vlekje is een ramp en onverdraaglijk en zal nieuw vuil aantrekken. De dribbelvrouw durft nieuwe kleren niet aan te trekken, uit angst dat ze niet helemaal schoon zullen blijven. Is dat niet waar kleren voor zijn? Aantrekken en dragen en wassen als het er tijd voor is? Soms dwing ik mezelf, soms doe ik gewoon de kleren aan, dan doe ik wat ik van mezelf eis. Dat geeft een beetje hoop voor de toekomst.

Maar voor die tijd moet er nog heel wat gebeuren. Precies zoals ik nu in mijn drift tot ordening Berends bordje eten al wegtrek, terwijl hij zijn mond net opengezet heeft en zijn vork nog in de lucht hangt. Hij stopt er dus hapjes bij voordat het eerdere hapje naar binnen is, en hij kauwt voor zijn leven. Och jezus. En hij is al zo mager.

TROTS

Er was in het ziekenhuis een nieuwe patiënte bij gekomen, een oude vrouw zonder tanden. Ze zat aan een andere tafel. Ik wou me voorstellen, maar durfde niet. Alles wat ik niet ken vind ik eng. Onverwacht vroeg de oude vrouw met een snoeiharde brulstem: 'Bent u familie van Martine Bijl?'

'Nee,' zeg ik meteen, kort en net zo hard als zij. De vrouw staart me tijdens de rest van de maaltijd onafgebroken aan. Nu durf ik helemaal niets meer te zeggen, het hele ontbijt niet. Wat moet dat worden vanavond bij het runderlapje?

Vlak voor het slapengaan haal ik mijn gezelligheidspillen bij de dienstdoende verpleegkundige in het pillenhok. Ik zie hetzelfde oude staarvrouwtje van tijdens het ontbijt. Ze zit op haar portie nachtpillen te wachten. Ik ga naar haar toe en ik zeg: 'Ik moet iets bekennen. Ik heb vanmorgen niet de waarheid gezegd.'

Het vrouwtje staart naar me. 'Dus u bent haar wel, Martine Bijl?' Met zonder die tanden. Het neemt me erg voor haar in.

'Ja. Maar ik durfde het daarnet gewoon niet te zeggen.'

Ik vind mezelf enorm flink en sociaal. Ik ben een